Nouvelle Collection illustrée. L'ouvrage complet **95** centimes.

OCTAVE FEUILLET

DE L'ACADÉMIE FRANÇAISE

Le Roman d'un Jeune Homme Pauvre

M.A. Cambrecht

Calmann-Lévy

éditeurs

Le Roman

d'un

Jeune Homme Pauvre

OCTAVE FEUILLET

de l'Académie française

Le Roman d'un Jeune Homme Pauvre

ILLUSTRATIONS

DE

W. A. LAMBRECHT

PARIS

CALMANN-LÉVY, ÉDITEURS

3, RUE AUBER, 3

Sursum corda !

Paris, 20 avril 185..

Voici la seconde soirée que je passe dans cette misérable chambre à regarder d'un œil morne mon foyer vide, écoutant stupidement les murmures et les roulements monotones de la rue, et me sentant au milieu de cette grande ville, plus seul, plus abandonné et plus voisin du désespoir que le naufragé qui grelotte en plein Océan sur sa planche brisée. — C'est assez de lâcheté ! Je veux regarder mon destin en face pour lui ôter son air de spectre : je veux aussi ouvrir mon cœur, où le chagrin déborde, au seul confident dont la pitié ne puisse m'offenser, à ce pâle et dernier ami qui me regarde dans ma glace. — Je veux donc écrire mes pensées et ma vie, non pas avec une exactitude quotidienne et puérile, mais sans omission sérieuse, et surtout sans mensonge. J'aimerai ce journal : il sera comme un écho fraternel qui trompera ma solitude, il me sera en même temps comme une seconde conscience, m'avertissant de ne laisser passer dans ma vie aucun trait que ma propre main ne puisse écrire avec fermeté.

Je cherche maintenant dans le passé avec une triste avidité tous les faits, tous les incidents qui dès longtemps auraient dû m'éclairer, si le respect filial, l'habitude et l'indifférence d'un oisif heureux n'avaient fermé mes yeux à toute lumière. Cette mélancolie constante et profonde de ma mère m'est expliquée; je m'explique encore son dégoût du monde, et ce costume simple et uniforme, objet tantôt des railleries, tantôt du courroux de mon père : « Vous avez l'air d'une servante », lui disait-il.

Je ne pouvais me dissimuler que notre vie de famille ne fût quelquefois troublée par des querelles d'un caractère plus sérieux; mais je n'en étais jamais directement témoin. Les accents irrités et impérieux de mon père, les murmures d'une voix qui paraissait supplier, des sanglots étouffés, c'était tout ce que j'en pouvais entendre. J'attribuais ces orages à des tentatives violentes et infructueuses pour ramener ma mère au goût de la vie élégante et bruyante qu'elle avait aimée autant qu'une honnête femme peut l'aimer, mais au milieu de laquelle elle ne suivait plus mon père qu'avec une répugnance chaque jour plus obstinée. A la suite de ces crises, il était rare que mon père ne courût pas acheter quelque beau bijou que ma mère trouvait sous sa serviette en se mettant à table, et qu'elle ne portait jamais. Un jour, elle reçut de Paris, au milieu de l'hiver, une grande caisse pleine de fleurs précieuses : elle remercia mon père avec effusion; mais, dès qu'il fut sorti de sa chambre, je la vis hausser légèrement les épaules et lever vers le ciel un regard d'incurable désespoir.

Pendant mon enfance et ma première jeunesse, j'avais eu pour mon père beaucoup de respect, mais assez peu d'affection. Dans le cours de cette période, en effet, je ne connaissais que le côté sombre de son caractère, le seul qui se révélât dans la vie intérieure, pour laquelle mon père n'était point fait. Plus tard, quand mon âge me permit de l'accompagner dans le monde, je fus surpris et ravi de découvrir en lui un homme que je n'avais pas même soupçonné. Il semblait qu'il se sentît, dans l'enceinte de notre vieux château de famille, sous le poids de quelque enchantement fatal : à peine hors des portes, je voyais son front s'éclaircir, sa poitrine se dilater; il rajeunissait. « Allons! Maxime, criait-il, un temps de galop! » Et nous dévorions gaiement l'espace. Il avait alors des cris de joie juvénile, des enthousiasmes, des fantaisies d'esprit, des effusions de sentiment qui charmaient mon jeune cœur, et dont j'aurais voulu seulement pouvoir rapporter quelque chose à ma pauvre mère, oubliée dans son coin. Je commençai alors à aimer mon père, et ma tendresse pour lui s'accrut même d'une véritable admiration quand je pus le voir, dans toutes les solennités de la vie mondaine, chasses, courses, bals, dîners, développer les qualités sympathiques de sa brillante nature. Écuyer admirable, causeur éblouissant, beau joueur, cœur intrépide, main ouverte, je le regardais comme un type achevé de grâce virile et de noblesse chevaleresque. Il s'appelait lui-même, en souriant avec une sorte d'amertume, le dernier gentilhomme.

Tel était mon père dans le monde; mais, aussitôt rentré au logis, nous n'avions plus sous les yeux, ma mère et moi, qu'un vieillard inquiet, morose et violent.

Les emportements de mon père vis-à-vis d'une créature aussi douce, aussi délicate que l'était ma mère, m'auraient assurément révolté, s'ils n'avaient été suivis de ces vifs retours de tendresse et de ces redoublements d'attentions dont j'ai parlé. Justifié à mes yeux par ces témoignages de repentir, mon père ne me paraissait plus qu'un homme naturellement bon et sensible, mais jeté quelquefois hors de lui-même par une résistance opiniâtre et systématique à tous ses goûts et à toutes ses prédilections. Je croyais ma mère atteinte d'une affection nerveuse, d'une sorte de maladie noire. Mon père me le donnait à entendre, bien qu'observant toujours sur ce sujet une réserve que je jugeais trop légitime.

Les sentiments de ma mère à l'égard de mon père me semblaient d'une nature indéfinissable. Les regards qu'elle attachait sur lui paraissaient s'enflammer quelquefois d'une étrange expression de sévérité; mais ce n'était qu'un éclair, et l'instant d'après ses beaux yeux humides et son visage inaltéré ne lui témoignaient plus qu'un dévouement attendri et une soumission passionnée.

Ma mère avait été mariée à quinze ans,

IL NOUS ARRIVAIT SOUVENT DE CHASSER TOUT UN JOUR.

et je touchais à ma vingt-deuxième année, quand ma sœur, ma pauvre Hélène, vint au monde. Peu de temps après sa naissance, mon père, sortant un matin, le front soucieux, de la chambre où ma mère languissait, me fit signe de le suivre dans le jardin. Après deux ou trois tours faits en silence :

— Votre mère, Maxime, me dit-il, devient de plus en plus bizarre!

— Elle est si souffrante, mon père!

— Oui, sans doute; mais elle a une fantaisie bien singulière : elle désire que vous fassiez votre droit.

— Mon droit! Comment ma mère veut-elle qu'à mon âge, avec ma naissance et dans ma situation, j'aille me traîner sur les bancs d'une école? Ce serait ridicule!

— C'est mon opinion, dit sèchement mon père; mais votre mère est malade, et tout est dit.

J'étais alors un fat, très enflé de mon nom, de ma jeune importance et de mes petits succès de salon; mais j'avais le cœur sain, j'adorais ma mère, avec laquelle j'avais vécu pendant vingt ans dans la plus étroite intimité qui puisse unir deux âmes en ce monde : je courus l'assurer de mon obéissance; elle me remercia en inclinant la tête avec un triste sourire, et me fit embrasser ma sœur endormie sur ses genoux.

Nous demeurions à une demi-lieue de Grenoble; je pus donc suivre un cours de droit sans quitter le logis paternel. Ma mère se faisait rendre compte jour par jour du progrès de mes études avec un intérêt si persévérant, si passionné, que j'en vins à me demander s'il n'y avait pas au fond de cette préoccupation extraordinaire quelque chose de plus qu'une fantaisie maladive : si, par hasard, la répugnance et le dédain de mon père pour le côté positif et ennuyeux de la vie n'avaient pas introduit dans notre fortune quelque secret désordre que la connaissance du droit et l'habitude des affaires devraient, suivant les espérances de ma mère, permettre à son fils de réparer. Je ne pus cependant m'arrêter à cette pensée : je me souvenais, à la vérité, d'avoir entendu mon père se plaindre amèrement des désastres que notre fortune avait subis à l'époque révolutionnaire, mais dès longtemps ces plaintes avaient cessé, et en tout temps d'ailleurs je n'avais pu m'empêcher de les trouver assez injustes, notre situation de fortune me paraissant des plus satisfaisantes. Nous habitions en effet auprès de Grenoble le château héréditaire de notre famille, qui était cité dans le pays pour son grand air seigneurial. Il nous arrivait souvent, à mon père et à moi, de chasser tout un jour sans sortir de nos terres ou de nos bois. Nos écuries étaient monumentales, et toujours peuplées de chevaux de prix qui étaient la passion et l'orgueil de mon père. Nous avions de plus à Paris, sur le boulevard des Capucines, un bel hôtel où un pied-à-terre confortable nous était réservé. Enfin, dans la tenue habituelle de notre maison, rien ne pouvait trahir l'ombre de la gêne ou de l'expédient. Notre table même était toujours servie avec une délicatesse particulière et raffinée à laquelle mon père attachait du prix.

La santé de ma mère cependant déclinait sur une pente à peine sensible, mais continue. Il arriva un temps où ce caractère angélique s'altéra. Cette bouche, qui n'avait jamais eu que de douces paroles, en ma présence du moins, devint amère et agressive; chacun de mes pas hors du château fut l'objet d'un commentaire ironique. Mon père, qui n'était pas plus épargné que moi, supportait ces attaques avec une patience qui de sa part me paraissait méritoire; mais il prit l'habitude de vivre plus que jamais hors de chez lui, éprouvant, me disait-il, le besoin de se distraire, de s'étourdir sans cesse. Il m'engageait toujours à l'accompagner, et trouvait dans mon amour du plaisir, dans l'ardeur impatiente de mon âge, et, pour dire tout, dans la lâcheté de mon cœur, une trop facile obéissance.

Un jour du mois de septembre 185., des courses dans lesquelles mon père avait engagé plusieurs chevaux devaient avoir lieu sur un emplacement situé à quelque distance du château. Nous étions partis de grand matin, mon père et moi, et nous avions déjeuné sur le théâtre de la course. Vers le milieu de la journée, comme je galopais sur la lisière de l'hippodrome pour suivre de plus près les péripéties de la lutte, je fus rejoint tout à coup par un de nos domestiques, qui me cherchait, me dit-il, depuis plus d'une demi-heure : il ajouta que mon père était déjà retourné au château, où ma mère l'avait fait appeler et où il me priait de le suivre sans retard.

— Mais qu'y a-t-il, au nom du ciel?

— Je crois que madame est plus mal, me répondit cet homme.

Et je partis comme un fou.

En arrivant, je vis ma sœur qui jouait sur la pelouse, au milieu de la grande cour silencieuse et déserte. Elle accourut au-devant de moi, comme je descendais de cheval, et me dit en m'embrassant, avec un air de mystère affairé et presque joyeux :

— Le curé est venu!

Je n'apercevais pourtant dans la maison aucune animation extraordinaire, aucun signe de désordre ou d'alarme. Je gravis l'escalier à la hâte, et je traversai le bou-

JE TOMBAI A GENOUX.

doir qui communiquait à la chambre de ma mère, quand la porte s'ouvrit doucement : mon père parut. Je m'arrêtai devant lui; il était très pâle, et ses lèvres tremblaient.

— Maxime, me dit-il sans me regarder votre mère vous demande.

Je voulais l'interroger, il me fit signe de la main et s'approcha rapidement d'une fenêtre, comme pour regarder au dehors. J'entrai. — Ma mère était à demi couchée dans son fauteuil, hors duquel un de ses bras pendait comme inerte. Sur son visage, d'une blancheur de cire, je retrouvai soudain l'exquise douceur et la grâce délicate que la souffrance en avait naguère exilées : déjà l'ange de l'éternel repos étendait visiblement son aile sur ce front apaisé. Je tombai à genoux : elle entr'ouvrit les yeux, releva péniblement sa tête fléchissante, et m'enveloppa d'un long regard. Puis, d'une voix qui n'était plus qu'un souffle interrompu, elle me dit lentement ces paroles :

— Pauvre enfant!... Je suis usée, vois-tu... Ne pleure pas!... Tu m'as un peu abandonnée tout ce temps-ci; mais j'étais si maussade!... Nous nous reverrons, Maxime, nous nous expliquerons, mon fils... Je n'en puis plus!... Rappelle à ton père ce qu'il m'a promis. Toi, dans ce combat de la vie, sois fort, et pardonne aux faibles!

Elle parut épuisée, s'interrompit un moment, puis, levant un doigt avec effort et me regardant fixement :

— Ta sœur! dit-elle.

Ses paupières bleuâtres se refermèrent, puis elle les rouvrit tout à coup en étendant les bras d'un geste raide et sinistre. Je poussai un cri, mon père accourut et pressa longtemps sur sa poitrine, avec des sanglots déchirants, ce pauvre corps d'une martyre.

Quelques semaines plus tard, sur le désir formel de mon père, qui, me dit-il, ne faisait qu'obéir aux derniers vœux de celle que nous pleurions, je quittais la France et je commençais à travers le monde cette vie nomade que j'ai menée presque jusqu'à ce jour. Durant une absence d'une année, mon cœur, de plus en plus aimant, à mesure que la mauvaise fougue de l'âge s'amortissait, mon cœur me pressa plus d'une fois de venir me retremper à la source de ma vie, entre la tombe de ma mère et le berceau de ma jeune sœur; mais mon père avait fixé lui-même la durée précise de mon voyage, et il ne m'avait point élevé à traiter légèrement ses volontés. Sa correspondance, affectueuse, mais brève, n'annonçait aucune impatience à l'égard de mon retour; je n'en fus que plus effrayé lorsque, débarquant à Marseille il y a deux mois, je trouvai plusieurs lettres de mon père qui toutes me rappelaient avec une hâte fébrile.

Ce fut par une sombre soirée du mois de février que je revis les murailles massives de notre antique demeure se détachant sur une légère couche de neige qui couvrait la campagne. Une bise aigre et glacée soufflait par intervalles; des flocons de givre tombaient comme des feuilles mortes des arbres de l'avenue, et se posaient sur le sol humide avec un bruit faible et triste. En entrant dans la cour, je vis une ombre, qui me parut être celle de mon père, se dessiner sur une des fenêtres du grand salon, qui était au rez-de-chaussée, et qui, dans les derniers temps de la vie de ma mère, ne s'ouvrait jamais. Je me précipitai : en m'apercevant, mon père poussa une sourde exclamation; puis il m'ouvrit ses bras, et je sentis son cœur palpiter violemment contre le mien.

— Tu es gelé, mon pauvre enfant, me dit-il, me tutoyant contre sa coutume. Chauffe-toi, chauffe-toi. Cette pièce est froide, mais je m'y tiens maintenant de préférence, parce qu'au moins on y respire.

— Votre santé, mon père?

— Passable, tu vois.

Et, me laissant près de la cheminée, il reprit à travers cet immense salon, que deux ou trois bougies éclairaient à peine, la promenade que je semblais avoir interrompue. Cet étrange accueil m'avait consterné. Je regardais mon père avec stupeur.

— As-tu vu mes chevaux? me dit-il tout à coup sans s'arrêter.

— Mon père!...

— Ah! tiens, c'est juste! tu arrives.

Après un silence :

— Maxime, reprit-il, j'ai à vous parler.

— Je vous écoute, mon père.

Il sembla ne pas m'entendre, se promena quelque temps, et répéta plusieurs fois par intervalles :

— J'ai à vous parler, mon fils.

Enfin il poussa un profond soupir, passa une main sur son front, et, s'asseyant brusquement, il me montra un siège en face de lui. Alors, comme s'il eût désiré de parler sans en trouver le courage, ses yeux s'arrêtèrent sur les miens, et j'y lus une expression d'angoisse, d'humilité et de supplication, qui, de la part d'un homme aussi fier que l'était mon père, me toucha profondément. Quels que pussent être les torts qu'il avait tant de peine à confesser, je sentais au fond de l'âme qu'ils lui étaient bien largement pardonnés, quand soudain ce regard, qui ne me quittait pas, prit une fixité étonnée, vague et terrible : la main

IL S'AFFAISSA LOURDEMENT SUR LE PARQUET.

de mon père se crispa sur mon bras; il se souleva sur son fauteuil, et retombant aussitôt, il s'affaissa lourdement sur le parquet. — Il n'était plus.

Notre cœur ne raisonne point, ne calcule point. C'est sa gloire. Depuis un moment, j'avais tout deviné : une seule minute avait suffi pour me révéler tout à coup sans un mot d'explication, par un jet de lumière irrésistible, cette fatale vérité que mille faits se répétant chaque jour sous mes yeux pendant vingt années n'avaient pu me faire soupçonner. J'avais compris que la ruine était là, dans cette maison, sur ma tête. Eh bien, je ne sais si mon père me laissant comblé de ses bienfaits m'eût coûté plus de larmes et des larmes plus amères. A mes regrets, à ma profonde douleur se joignait une pitié qui, remontant du fils au père, avait quelque chose d'étrangement poignant. Je revoyais toujours ce regard suppliant, humilié, éperdu; je me désespérais de n'avoir pu dire une parole de consolation à ce malheureux cœur avant qu'il se brisât, et je criais follement à celui qui ne m'entendait plus : « Je vous pardonne; je vous pardonne! » Dieu! quels instants!

Autant que je l'ai pu conjecturer, ma mère en mourant avait fait promettre à mon père de vendre la plus grande partie de ses biens, de payer entièrement la dette énorme qu'il avait contractée en dépensant tous les ans un tiers de plus que son revenu, et de se réduire ensuite strictement à vivre de ce qui lui resterait. Mon père avait essayé de tenir cet engagement : il avait vendu ses bois et une portion de ses terres; mais, se voyant maître alors d'un capital considérable, il n'en avait consacré qu'une faible part à l'amortissement de sa dette, il avait entrepris de rétablir sa fortune en confiant le reste aux détestables hasards de la Bourse. Ce fut ainsi qu'il acheva de se perdre.

Je n'ai pu encore sonder jusqu'au fond l'abîme où nous sommes engloutis. Une semaine après la mort de mon père, je tombai gravement malade, et c'est à peine si, après deux mois de souffrance, j'ai pu quitter notre château patrimonial le jour où un étranger en prenait possession. Heureusement un vieil ami de ma mère qui habite Paris, et qui était chargé autrefois des affaires de notre famille en qualité de notaire, est venu à mon aide dans ces tristes circonstances : il m'a offert d'entreprendre lui-même un travail de liquidation qui présentait à mon inexpérience des difficultés inextricables. Je lui ai abandonné absolument le soin de régler les affaires de la succession, et je présume que sa tâche est aujourd'hui terminée. A peine arrivé hier matin, j'ai couru chez lui : il était à la campagne, d'où il ne doit revenir que demain. Ces deux journées ont été cruelles : l'incertitude est vraiment le pire de tous les maux, parce qu'il est le seul qui suspende nécessairement les ressorts de l'âme et qui ajourne le courage. Il m'eût bien surpris, il y a dix ans, celui qui m'eût prophétisé que ce vieux notaire, dont le langage formaliste et la raide politesse nous divertissaient si fort, mon père et moi, serait un jour l'oracle de qui j'attendrais l'arrêt suprême de ma destinée! Je fais mon possible pour me tenir en garde contre des espérances exagérées : j'ai calculé approximativement que, toutes nos dettes payées, il nous resterait un capital de cent vingt à cent cinquante mille francs. Il est difficile qu'une fortune qui s'élevait à cinq millions ne nous laisse pas au moins cette épave. Mon intention est de prendre pour ma part une dizaine de mille francs, et d'aller chercher fortune dans les nouveaux États de l'Union; j'abandonnerai le reste à ma sœur.

Voilà assez d'écriture pour ce soir. Triste occupation que de retracer de tels souvenirs! Je sens néanmoins qu'elle m'a rendu un peu de calme. Le travail certainement est une loi sacrée, puisqu'il suffit d'en faire la plus légère application pour éprouver je ne sais quel contentement et quelle sérénité. L'homme cependant n'aime point le travail : il n'en peut méconnaître les infaillibles bienfaits; il les goûte chaque jour, s'en applaudit, et chaque lendemain il se remet au travail avec la même répugnance. Il me semble qu'il y a là une contradiction singulière et mystérieuse, comme si nous sentions à la fois dans le travail le châtiment et le caractère divin et paternel du juge.

Jeudi.

Ce matin, à mon réveil, on m'a remis une lettre du vieux Laubépin. Il m'invitait à dîner, en s'excusant de la liberté grande; il ne me faisait d'ailleurs aucune communication relative à mes intérêts. J'ai mal auguré de cette réserve.

J'AI FAIT SORTIR MA SOEUR DE SON COUVENT.

En attendant l'heure fixée, j'ai fait sortir ma sœur de son couvent, et je l'ai promenée dans Paris. L'enfant ne se doute pas de notre ruine. Elle a eu, dans le cours de la journée, diverses fantaisies assez coûteuses. Elle s'est approvisionnée largement de gants, de papier rose, de bonbons pour ses amies, d'essences fines, de savons extraordinaires, de petits pinceaux, toutes choses fort utiles sans doute, mais qui le sont moins qu'un dîner. Puisse-t-elle l'ignorer toujours!

A six heures, j'étais rue Cassette, chez M. Laubépin. Je ne sais quel âge peut avoir notre vieil ami; mais, aussi loin que remontent mes souvenirs dans le passé, je l'y retrouve tel que je l'ai revu aujourd'hui, grand, sec, un peu voûté, cheveux blancs en désordre, œil perçant sous des touffes de sourcils noirs, une physionomie robuste et fine tout à la fois. J'ai revu en même temps l'habit noir d'une coupe antique, la cravate blanche professionnelle, le diamant héréditaire au jabot, — bref, tous les signes extérieurs d'un esprit grave, méthodique et ami des traditions. Le vieillard m'attendait devant la porte ouverte de son petit salon : après une profonde inclination, il a saisi légèrement ma main entre deux doigts, et m'a conduit en face d'une vieille dame d'apparence assez simple qui se tenait debout devant la cheminée : « Monsieur le marquis de Champcey d'Hauterive! » a dit alors M. Laubépin de sa voix forte, grasse et emphatique; puis tout à coup, d'un ton plus humble, en se retournant vers moi : « Madame Laubépin! »

Nous nous sommes assis, et il y a eu un moment de silence embarrassé. Je m'étais attendu à un éclaircissement immédiat sur ma situation définitive : voyant qu'il était différé, j'ai présumé qu'il ne pouvait être d'une nature agréable, et cette présomption m'était confirmée par les regards de compassion discrète dont madame Laubépin m'honorait furtivement. Quant à M. Laubépin, il m'observait avec une attention singulière, qui ne me paraissait pas exempte de malice. Je me suis rappelé alors que mon père avait toujours prétendu flairer dans le cœur du cérémonieux tabellion et sous ses respects affectés, un vieux reste de levain bourgeois, roturier, et même jacobin. Il m'a semblé que ce levain fermentait un peu en ce moment, et que les secrètes antipathies du vieillard trouvaient quelque satisfaction dans le spectacle d'un gentilhomme à la torture. J'ai pris aussitôt la parole en essayant de montrer, malgré l'accablement réel que j'éprouvais, une pleine liberté d'esprit :

— Comment, monsieur Laubépin, ai-je dit, vous avez quitté la place des Petits-Pères, cette chère place des Petits-Pères? Vous avez pu vous décider à cela? Je ne l'aurais jamais cru.

— Mon Dieu! monsieur le marquis, a répondu M. Laubépin, c'est effectivement une infidélité qui n'est point de mon âge; mais, en cédant l'étude, j'ai dû céder le logis, attendu qu'un panonceau ne se déplace pas comme une enseigne.

— Cependant vous vous occupez encore d'affaires?

— A titre amical et officieux, oui, monsieur le marquis. Quelques familles honorables, considérables, dont j'ai eu le bonheur d'obtenir la confiance pendant une pratique de quarante-cinq années, veulent bien encore quelquefois, dans des circonstances particulièrement délicates, réclamer les avis de mon expérience, et je crois pouvoir ajouter qu'elles se repentent rarement de les avoir suivis.

Comme M. Laubépin achevait de se rendre à lui-même ce témoignage, une vieille domestique est venue annoncer que le dîner était servi. J'ai eu alors l'avantage de conduire madame Laubépin dans la salle voisine. Pendant tout le repas, la conversation s'est traînée dans la plus insignifiante banalité, M. Laubépin ne cessant d'attacher sur moi son regard perçant et équivoque, tandis que madame Laubépin prenait, en m'offrant de chaque plat, ce ton douloureux et pitoyable, qu'on affecte auprès du lit d'un malade. Enfin on s'est levé, et le vieux notaire m'a introduit dans son cabinet, où l'on nous a aussitôt servi le café. Me faisant asseoir alors, et s'adossant à la cheminée :

— Monsieur le marquis, a dit M. Laubépin, vous m'avez fait l'honneur de me confier le soin de liquider la succession de feu monsieur le marquis de Champcey d'Hauterive, votre père. Je m'apprêtais hier même à vous écrire, quand j'ai su votre arrivée à Paris, laquelle me permet de vous rendre compte de vive voix du résultat de mon zèle et de mes opérations.

— Je pressens, monsieur, que ce résultat n'est pas heureux.

— Non, monsieur le marquis, et je ne vous cacherai pas que vous devez vous armer de courage pour l'apprendre; mais il est dans mes habitudes de procéder avec méthode. Ce fut, monsieur, en l'année 1820, que mademoiselle Louise-Hélène Dugald Delatouche d'Érouville fut recherchée en mariage par Charles-Christian Odiot, marquis de Champcey d'Hauterive. Investi par une sorte de tradition séculaire de la direction des intérêts de la famille Dugald Delatouche, et admis en outre dès longtemps près de la jeune héritière de cette maison sur le pied d'une familiarité respectueuse, je dus employer tous les arguments de la raison pour combattre le penchant de son cœur et la détourner de cette funeste alliance. Je dis funeste alliance, non pas que la fortune de monsieur de Champcey, malgré quelques hypothèques dont elle était grevée dès cette époque, ne fût égale à celle de mademoiselle Delatouche; mais je connaissais le caractère et le tempérament, héréditaires en quelque sorte, de monsieur de Champcey. Sous les dehors séduisants et chevaleresques qui le distinguaient comme tous ceux de sa maison, j'apercevais clairement l'irréflexion obstinée, l'incurable légèreté, la fureur de plaisir, et finalement l'implacable égoïsme...

— Monsieur, ai-je interrompu brusquement, la mémoire de mon père m'est sacrée, et j'entends qu'elle le soit à tous ceux qui parlent de mon père devant moi.

— Monsieur, a repris le vieillard avec une émotion soudaine et violente, je respecte ce sentiment; mais, en parlant de votre père, j'ai grand'peine à oublier

JE NE VOUS CACHERAI PAS QUE VOUS DEVEZ VOUS ARMER DE COURAGE.

que je parle de l'homme qui a tué votre mère, une enfant héroïque, une sainte, un ange!

Je m'étais levé fort agité. M. Laubépin, qui avait fait quelques pas à travers la chambre, m'a saisi le bras.

— Pardon, jeune homme, m'a-t-il dit; mais j'aimais votre mère. Je l'ai pleurée. Veuillez me pardonner...

Puis, se replaçant devant la cheminée :

— Je reprends, a-t-il ajouté du ton solennel qui lui est ordinaire; j'eus l'honneur et le chagrin de rédiger le contrat de mariage de madame votre mère. Malgré mon insistance, le régime dotal avait été écarté, et ce ne fut pas sans de grands efforts que je parvins à introduire dans l'acte une clause protectrice qui déclarait inaliénable, sans la volonté légalement constatée de madame votre mère, un tiers environ de ses apports immobiliers. Vaine précaution, monsieur le marquis, et je pourrais dire précaution cruelle d'une amitié mal inspirée, car cette clause fatale ne fit que préparer à celle dont elle devait sauvegarder le repos ses plus insupportables tourments; — j'entends ces luttes, ces querelles, ces violences dont l'écho dut frapper vos oreilles plus d'une fois, et dans lesquelles on arrachait lambeaux par lambeaux à votre malheureuse mère le dernier héritage, le pain de ses enfants!

— Monsieur, je vous en prie!

— Je m'incline, monsieur le marquis... Je ne parlerai que du présent. A peine honoré de votre confiance, mon premier devoir, monsieur, était de vous engager à n'accepter que sous bénéfice d'inventaire la succession embarrassée qui vous était échue.

— Cette mesure, monsieur, m'a paru outrageante pour la mémoire de mon père et j'ai dû m'y refuser.

M. Laubépin, après m'avoir lancé un de ces regards inquisiteurs qui lui sont familiers, a repris :

— Vous n'ignorez pas apparemment, monsieur, que, faute d'avoir usé de cette faculté légale, vous demeurez passible des charges de la succession, lors même que ces charges en excéderaient la valeur. Or j'ai actuellement le devoir pénible de vous apprendre, monsieur le marquis, que ce cas est précisément celui qui se présente dans l'espèce. Comme vous le verrez dans ce dossier, il est parfaitement constant qu'après la vente de votre hôtel à des conditions inespérées, vous et mademoiselle votre sœur resterez encore redevables envers les créanciers de monsieur votre père d'une somme de quarante-cinq mille francs.

Je suis demeuré véritablement atterré à cette nouvelle, qui dépassait mes plus fâcheuses appréhensions. Pendant une minute, j'ai prêté une attention hébétée au bruit monotone de la pendule, sur laquelle je fixais un œil sans regard.

— Maintenant, a repris M. Laubépin après un silence, le moment est venu de vous dire, monsieur le marquis, que madame votre mère, en prévision des éventualités qui se réalisent malheureusement aujourd'hui, m'a remis en dépôt quelques bijoux dont la valeur est estimée à cinquante mille francs environ. Pour empêcher que cette faible somme, votre unique ressource désormais, ne passe aux mains des créanciers de la succession, nous pouvons user, je crois, du subterfuge légal que je vais avoir l'honneur de vous soumettre.

— Mais cela est tout à fait inutile, monsieur. Je suis trop heureux de pouvoir, à l'aide de cet appoint inattendu, solder intégralement les dettes de mon père, et je vous prierai de le consacrer à cet emploi.

M. Laubépin s'est légèrement incliné.

— Soit, a-t-il dit; mais il m'est impossible de ne pas vous faire observer, monsieur le marquis, qu'une fois ce prélèvement opéré sur le dépôt qui est dans mes mains, il ne vous restera pour toute fortune, à mademoiselle Hélène et à vous, qu'une somme de quatre à cinq mille livres, laquelle, au taux actuel de l'argent, vous donnera un revenu de deux cent vingt-cinq francs. Ceci posé, monsieur le marquis, qu'il me soit permis de vous demander, à titre confidentiel, amical et respectueux, si vous avez avisé à quelques moyens d'assurer votre existence et celle de votre sœur et pupille et quels sont vos projets?

— Je n'en ai plus aucun, monsieur, je vous l'avoue. Tous ceux que j'avais pu former sont inconciliables avec le dénuement absolu où je me trouve réduit. Si j'étais seul au monde, je me ferais soldat; mais j'ai ma sœur, et je ne puis souffrir la pensée de voir la pauvre enfant réduite au travail et aux privations. Elle est heureuse dans son couvent; elle est assez jeune pour y demeurer quelques années encore. J'accepterais du meilleur de mon cœur toute occupation qui me permettrait, en me réduisant moi-même à l'existence la plus étroite, de gagner chaque année le prix de la pension de ma sœur, et de lui amasser une dot pour l'avenir.

M. Laubépin m'a regardé fixement.

— Pour atteindre cet honorable objectif, a-t-il repris, vous ne devez pas penser, monsieur le marquis, à entrer, à votre âge, dans la lente filière des administrations publiques et des fonctions officielles. Il vous faudrait un emploi qui vous assurât dès le début cinq ou six mille francs de revenu annuel. Je dois vous dire que, dans l'état de notre organisation sociale, il ne suffit nullement d'avancer la main pour trouver ce *desideratum*. Heureusement, j'ai à vous communiquer quelques propositions vous concernant, qui sont de nature à modifier dès à présent, et sans grand effort, votre situation.

Les yeux de M. Laubépin se sont attachés sur moi avec une attention plus pénétrante que jamais, et il a continué :

— En premier lieu, monsieur le marquis, je serai près de vous l'organe d'un spéculateur habile, riche et influent; ce personnage a conçu l'idée d'une entreprise considérable dont la nature vous sera expliquée ci-après, et qui ne peut réussir que par le concours particulier de la classe aristocratique de ce pays. Il pense qu'un nom ancien et illustre comme le vôtre, monsieur le marquis, figurant parmi ceux des membres fondateurs de l'entreprise, aurait pour effet de lui gagner des sympathies dans les rangs du public spécial auquel le prospectus doit être adressé. En vue de cet avantage, il vous offre d'abord ce qu'on nomme communément une prime, c'est-à-dire une dizaine d'actions à titre gratuit, dont la valeur, estimée dès ce moment à dix mille francs, serait vraisemblablement triplée par le succès de l'opération. En outre...

— Tenez-vous-en là, monsieur; de telles ignominies ne valent pas la peine que vous preniez de les formuler.

J'ai vu briller soudain l'œil du vieillard sous ses épais sourcils, comme si une étincelle s'en fût détachée. Un faible sourire a détendu les plis rigides de son visage.

— Si la proposition ne vous plaît pas, monsieur le marquis, a-t-il dit en grasseyant, elle ne me plaît pas plus qu'à vous. Toutefois j'ai cru devoir vous la soumettre En voici une autre qui vous sourira peut-être davantage, et qui de fait est plus avenante. Je compte, monsieur, au nombre de mes plus anciens clients un commerçant honorable qui s'est retiré des affaires depuis peu de temps, et qui jouit désormais paisiblement, auprès d'une fille unique et conséquemment adorée, d'une *aurea mediocritas* que j'évalue à vingt-cinq mille livres de revenu. Le hasard voulut, il y a trois jours, que la fille de mon client fût informée de votre situation : j'ai cru devoir, j'ai même pu m'assurer, pour tout dire, que l'enfant, laquelle d'ailleurs est agréable à voir et pourvue de qualités estimables, n'hésiterait pas un instant à accepter de votre main le titre de marquise de Champcey. Le père consent et je n'attends qu'un mot de vous, monsieur le marquis, pour vous dire le nom et la demeure de cette famille... intéressante.

— Monsieur, ceci me détermine tout à fait : je quitterai dès demain un titre qui dans ma situation est dérisoire, et qui en outre semble devoir m'exposer aux plus misérables entreprises de l'intrigue. Le nom originaire de ma famille est Odiot : c'est le seul que je compte porter désormais. Maintenant, monsieur, en reconnaissant toute la vivacité de l'intérêt qui a pu vous engager à vous faire l'interprète de ces singulières propositions, je vous prierai de m'épargner toutes celles qui pourraient avoir un caractère analogue.

— En ce cas, monsieur le marquis, a répondu M. Laubépin, je n'ai absolument plus rien à vous dire.

En même temps, pris d'un accès subit de jovialité, il a frotté ses mains l'une contre l'autre avec un bruit de parchemins froissés. Puis il a ajouté en riant :

— Vous serez un homme difficile à caser, monsieur Maxime. Ah! ah! très difficile à caser. Il est extraordinaire, monsieur, que je n'aie pas remarqué plus tôt la saisissante similitude que la nature s'est plu à établir entre votre physionomie et celle de madame votre mère. Les yeux et le sourire en particulier... mais ne nous éga-

J'AI TENDU AU VIEILLARD UNE MAIN QU'IL A SERRÉE AVEC FORCE.

rons pas, et puisqu'il vous convient de ne devoir qu'à un honorable travail vos moyens d'existence, souffrez que je vous demande quels peuvent être vos talents et vos aptitudes?

— Mon éducation, monsieur, a été naturellement celle d'un homme destiné à la richesse et à l'oisiveté. Cependant j'ai étudié le droit. J'ai même le titre d'avocat.

— D'avocat? ah diable! vous êtes avocat? Mais le titre ne suffit pas : dans la carrière du barreau, plus que dans aucune autre, il faut payer de sa personne... et là... voyons... vous sentez-vous éloquent, monsieur le marquis?

— Si peu, monsieur, que je me crois tout à fait incapable d'improviser deux phrases en public.

— Hum! ce n'est pas là précisément ce qu'on peut appeler une vocation d'orateur. Il faudra donc vous tourner d'un autre côté; mais la matière exige de plus amples réflexions. Je vois d'ailleurs que vous êtes fatigué, monsieur le marquis. Voici votre dossier que je vous prie d'examiner à loisir. J'ai l'honneur de vous saluer, monsieur. Permettez-moi de vous éclairer. Pardon... dois-je attendre de nouveaux ordres avant de consacrer au payement de vos créanciers le prix des bijoux et joyaux qui sont entre mes mains?

— Non, certainement. J'entends de plus que

vous préleviez sur cette réserve la juste rémunération de vos bons offices.

Nous étions arrivés sur le palier de l'escalier : M. Laubépin, dont la taille se courbe un peu lorsqu'il est en marche, s'est redressé brusquement.

— En ce qui concerne vos créanciers, monsieur le marquis, m'a-t-il dit, je vous obéirai avec respect. Pour ce qui me regarde, j'ai été l'ami de votre mère, et je prie humblement, mais instamment, le fils de votre mère de me traiter en ami.

J'ai tendu au vieillard une main qu'il a serrée avec force, et nous nous sommes séparés.

Rentré dans la petite chambre que j'occupe sous les toits de cet hôtel, qui déjà ne m'appartient plus, j'ai voulu me prouver à moi-même que la certitude de ma complète détresse ne me plongeait pas dans un abattement indigne d'un homme. Je me suis mis à écrire le récit de cette journée décisive de ma vie, en m'appliquant à conserver la phraséologie exacte du vieux notaire, et ce langage mêlé de raideur et de courtoisie, de défiance et de sensibilité, qui, pendant que j'avais l'âme navrée, a fait plus d'une fois sourire mon esprit.

Voilà donc la pauvreté, non plus cette pauvreté cachée, fière, poétique, que mon imagination menait bravement à travers les grands bois, les déserts et les savanes, mais la positive misère, le besoin, la dépendance, l'humiliation, quelque chose de pis encore, la pauvreté amère du riche déchu, la pauvreté en habit noir, qui cache ses mains nues aux anciens amis qui passent! — Allons, frère, courage!...

Lundi, 27 avril.

J'ai attendu en vain depuis cinq jours des nouvelles de M. Laubépin. J'avoue que je comptais sérieusement sur l'intérêt qu'il avait paru me témoigner. Son expérience, ses connaissances pratiques, ses relations étendues lui donnaient les moyens de m'être utile. J'étais prêt à faire, sous sa direction, toutes les démarches nécessaires; mais, abandonné à moi-même, je ne sais absolument de quel côté tourner mes pas. Je le croyais un de ces hommes qui promettent peu et qui tiennent beaucoup. Je crains de m'être mépris. Ce matin, je m'étais déterminé à me rendre chez lui, sous prétexte de lui remettre les pièces qu'il m'avait confiées, et dont j'ai pu vérifier la triste exactitude. On m'a dit que le bonhomme était allé goûter les douceurs de la villégiature dans je ne sais quel château au fond de la Bretagne. Il est encore absent pour deux ou trois jours. Ceci m'a véritablement consterné. Je n'éprouvais pas seulement le chagrin de rencontrer l'indifférence et l'abandon où j'avais pensé trouver l'empressement d'une amitié dévouée; j'avais de plus l'amertume de m'en retourner comme j'étais venu, avec une bourse vide. Je comptais en effet prier M. Laubépin de m'avancer quelque argent sur les trois ou quatre mille francs qui doivent nous revenir après le payement intégral de nos dettes, car j'ai eu beau vivre en anachorète depuis mon arrivée à Paris, la somme insignifiante que j'avais pu réserver pour mon voyage est complètement épuisée, et si complètement, qu'après avoir fait ce matin un véritable déjeuner de pasteur, *castaneæ molles et pressi copia lactis*, j'ai dû recourir, pour dîner ce soir, à une sorte d'escroquerie dont je veux consigner ici le souvenir mélancolique.

Moins on a déjeuné, plus on désire dîner. C'est un axiome dont j'ai senti aujourd'hui toute la force bien avant que le soleil eût achevé son cours. Parmi les promeneurs que la douceur du ciel avait attirés cet après-midi aux Tuileries, et qui regardaient se jouer les premiers sourires du printemps sur la face de marbre des sylvains, on remarquait un homme jeune encore, et d'une tenue irréprochable, qui paraissait étudier avec une sollicitude extraordinaire le réveil de la nature. Non content de dévorer de l'œil la verdure nouvelle, il n'était point rare de voir ce personnage détacher furtivement de leurs tiges de jeunes pousses appétissantes, des feuilles à demi déroulées, et les porter à ses lèvres avec une curiosité de botaniste. J'ai pu m'assurer que cette ressource alimentaire, qui m'avait été indiquée par l'histoire des naufrages, était d'une valeur fort médiocre. Toutefois j'ai enrichi mon expérience de quelques notions intéressantes : ainsi je sais désormais que le feuillage du marronnier est excessivement amer à la bouche, comme au cœur; le rosier n'est pas mauvais, le tilleul est onctueux et assez agréable ; le lilas poivré — et malsain, je crois.

Tout en méditant sur ces découvertes, je me suis dirigé vers le couvent d'Hélène. En mettant le pied dans le parloir, que j'ai trouvé plein comme une ruche, je me suis senti plus assourdi qu'à l'ordinaire par les confidences tumultueuses des jeunes abeilles. Hélène est arrivée, les cheveux en désordre, les joues enflammées, les yeux rouges et étincelants. Elle tenait à la main un morceau de pain de la longueur de son bras. Comme elle m'embrassait d'un air préoccupé :

— Eh bien, fillette, qu'est-ce qu'il y a donc? Tu as pleuré.

— Non, non, Maxime, ce n'est rien.

— Qu'est-ce qu'il y a? Voyons...

Elle a baissé la voix :

— Ah! je suis bien malheureuse, va, mon pauvre Maxime!

— Vraiment? conte-moi donc cela en mangeant ton pain.

— Oh! je ne vais certainement pas manger mon pain; je suis bien trop malheureuse pour manger. Tu sais bien, Lucie, Lucie Campbell, ma meilleure amie? eh bien, nous sommes brouillées mortellement.

— Oh! mon Dieu!... Mais sois tranquille, ma mignonne, vous vous raccommoderez, va!

— Oh! Maxime, c'est impossible, vois-tu. Il y a eu des choses trop graves. Ce n'était rien d'abord; mais on s'échauffe et on perd la tête, tu sais. Figure-toi que nous jouions au volant, et Lucie s'est trompée en comptant les points : j'en avais six cent quatre-vingts, et elle six cent quinze seulement, et elle a prétendu en avoir six cent soixante-quinze. C'était un peu trop fort, tu m'avoueras. J'ai soutenu mon chiffre, bien entendu, elle le sien. « Eh bien! mademoiselle, lui ai-je » dit, consultons ces demoiselles; je m'en » rapporte à elles. — Non, mademoiselle, » m'a-t-elle répondu, je suis sûre de mon » chiffre, et vous êtes une mauvaise » joueuse. — Eh bien, vous, mademoiselle, » lui ai-je dit, vous êtes une menteuse! — » C'est bien, mademoiselle, a-t-elle dit » alors, moi, je vous méprise trop pour » vous répondre! » Ma sœur Sainte-Félix est arrivée à ce moment-là, heureusement, car je crois que j'allais la battre... Ainsi voilà ce qui s'est passé. Tu vois s'il est possible de nous raccommoder après cela. C'est impossible : ce serait une lâcheté. En attendant, je ne peux pas te dire ce que je souffre : je crois qu'il n'y a pas une personne sur la terre qui soit aussi malheureuse que moi.

— Certainement, mon enfant, il est difficile d'imaginer un malheur plus accablant que le tien; mais, pour te dire ma façon de penser, tu te l'es un peu attiré, car, dans cette querelle, c'est de ta bouche qu'est sortie la parole la plus blessante. Voyons, est-elle dans le parloir, ta Lucie?

— Oui, la voilà, là-bas, dans le coin.

Et elle m'a montré d'un signe de tête digne et discret une petite fille très blonde, qui avait également les joues enflammées et les yeux rouges, et qui paraissait en train de faire à une vieille dame très attentive le récit du drame que la sœur Sainte-Félix avait si heureusement interrompu. Tout en parlant avec un feu digne du sujet, mademoiselle Lucie lançait de temps à autre un regard furtif sur Hélène et sur moi.

— Eh bien, ma chère enfant, ai-je dit, as-tu confiance en moi?

— Oui, j'ai beaucoup de confiance en toi, Maxime.

— En ce cas, voici ce que tu vas faire : tu vas t'en aller tout doucement te placer derrière la chaise de mademoiselle Lucie; tu vas lui prendre la tête comme ceci, en traître, tu vas l'embrasser sur les deux joues comme cela, de force, et puis tu vas voir ce qu'elle va faire à son tour.

Hélène a paru hésiter quelques secondes; puis elle est partie à grands pas, est tombée comme la foudre sur mademoiselle Campbell, et lui a causé néanmoins la plus douce surprise : les deux jeunes infortunées, réunies enfin pour jamais, ont confondu leurs larmes dans un groupe attendrissant, pendant que la vieille et respectable madame Campbell se mouchait avec un bruit de cornemuse.

Hélène est revenue me trouver toute radieuse.

— Eh bien, ma chérie, lui ai-je dit, j'espère que maintenant tu vas manger ton pain?

— Oh! vraiment non, Maxime; j'ai été trop émue, vois, et puis il faut te dire qu'il est arrivée aujourd'hui une élève, une nouvelle, qui nous a donné un régal de meringues, d'éclairs et de chocolat à la crème, de sorte que je n'ai pas faim du tout. Je suis même très embarrassée, parce que dans mon trouble j'ai oublié tout à l'heure de remettre mon pain au panier, comme on doit le faire quand on n'a pas faim au goûter, et j'ai peur d'être punie; mais, en passant dans la cour, je vais tâcher de jeter mon pain dans le soupirail de la cave sans qu'on s'en aperçoive.

— Comment! petite sœur, ai-je repris en rougissant légèrement, tu vas perdre ce gros morceau de pain-là?

— Ah! je sais que ce n'est pas bien, car il y a peut-être des pauvres qui seraient bien heureux de l'avoir, n'est-ce pas, Maxime?

— Il y en a certainement, ma chère enfant.

— Mais comment veux-tu que je fasse? les pauvres n'entrent pas ici.

— Voyons, Hélène, confie-moi ce pain, et je le donnerai en ton nom au premier pauvre que je rencontrerai, veux-tu?

— Je crois bien!

L'heure de la retraite a sonné : j'ai rompu le pain en deux morceaux que j'ai fait disparaître honteusement dans les poches de mon paletot.

— Cher Maxime! a repris l'enfant, à bientôt, n'est-ce pas? Tu me diras si tu as rencontré un pauvre, si tu lui as donné mon pain, et s'il l'a trouvé bon.

Oui, Hélène, j'ai rencontré un pauvre, et je lui ai donné ton pain, qu'il a emporté comme une proie dans sa mansarde solitaire, et il l'a trouvé bon; mais c'était un pauvre sans courage, car il a pleuré en dévorant l'aumône de tes petites mains bien-aimées. Je te dirai tout cela, Hélène, car il est bon que tu saches qu'il y a sur la terre des souffrances plus sérieuses que tes souffrances d'enfant : je te dirai tout, excepté le nom du pauvre.

Mardi, 28 avril.

Ce matin, à neuf heures, je sonnais à la porte de M. Laubépin, espérant vaguement que quelque hasard aurait hâté son retour; mais on ne l'attend que demain. La pensée m'est venue aussitôt de m'adresser à madame Laubépin, et de lui faire part de la gène excessive où me réduit l'absence de son mari. Pendant que j'hésitais entre la pudeur et le besoin, la vieille domestique, effrayée apparemment du regard affamé que je fixais sur elle, a tranché la question en refermant brusquement la porte. J'ai pris alors mon parti, et j'ai résolu de jeûner jusqu'à demain. Je me suis dit qu'après tout on ne meurt pas pour un jour d'abstinence : si j'étais coupable en cette circonstance d'un excès de fierté, j'en devais souffrir seul, et par conséquent cela ne regardait que moi.

Là-dessus je me suis dirigé vers la Sorbonne, où j'ai assisté successivement à plusieurs cours, en essayant de combler, à force de jouissances spirituelles, le vide qui se faisait sentir dans mon temporel; mais l'heure est venue où cette ressource m'a manqué, et aussi bien je commençais à la trouver insuffisante. J'éprouvais surtout une forte irritation nerveuse que j'espérais calmer en marchant. La journée était froide et brumeuse. Comme je passais sur le pont des Saint-Pères, je me suis arrêté un instant presque malgré moi; je me suis accoudé sur le parapet, et j'ai regardé les eaux troubles du fleuve se précipiter sous les arches. Je ne sais quelles pensées maudites ont traversé en ce moment mon esprit fatigué et affaibli : je me suis représenté soudain sous les plus insupportables couleurs l'avenir de lutte continuelle, de dépendance et d'humiliation dans lequel j'entrais lugubrement par la porte de la faim; j'ai senti un dégoût profond, absolu, et comme une impossibilité de vivre. En même temps, un flot de colère sauvage et brutale me montait au cerveau, j'ai eu comme un éblouissement, et, me penchant dans le vide, j'ai vu toute la surface du fleuve se pailleter d'étincelles...

Je ne dirai pas, suivant l'usage : Dieu ne l'a pas voulu. Je n'aime pas ces formules banales. J'ose dire : Je ne l'ai pas voulu! Dieu nous a faits libres, et si j'en avais pu douter auparavant, cette minute suprême où l'âme et le corps, le courage et la lâcheté, le bien et le mal, se livraient en moi, si clairement un mortel combat, cette minute eût emporté mes doutes à jamais.

Redevenu maître de moi, je n'ai plus

éprouvé vis-à-vis de ces ondes redoutables que la tentation fort innocente et assez niaise d'y étancher la soif qui me dévorait. J'ai réfléchi au surplus que je trouverais dans ma chambre une eau beaucoup plus limpide, et j'ai pris rapidement le chemin de l'hôtel, en me faisant une image délicieuse des plaisirs qui m'y attendaient. Dans mon triste enfantillage, je m'étonnais, je ne revenais pas de n'avoir point songé plus tôt à cet expédient vainqueur. Sur le boulevard, je me suis croisé tout à coup avec Gaston de Vaux, que je n'avais pas vu depuis deux ans. Il s'est arrêté après un mouvement d'hésitation, m'a serré cordialement la main, m'a dit deux mots de mes voyages et m'a quitté à la hâte. Puis, revenant sur ses pas :

— Mon ami, m'a-t-il dit, il faut que tu me permettes de t'associer à une bonne fortune qui m'est arrivée ces jours-ci. J'ai mis la main sur un trésor : j'ai reçu une cargaison de cigares qui me coûtent deux francs chacun, mais qui sont sans prix. En voici un, tu m'en diras des nouvelles Au revoir, mon bon!

MA PROMENADE A DURÉ DEUX OU TROIS HEURES.

J'ai monté péniblement mes six étages, et j'ai saisi, en tremblant d'émotion, ma bienheureuse carafe, dont j'ai épuisé le contenu à petites gorgées, après quoi j'ai allumé le cigare de mon ami en m'adressant dans ma glace un sourire d'encouragement. Je suis ressorti aussitôt, convaincu que le mouvement physique et les distractions de la rue m'étaient salutaires. En ouvrant ma porte, j'ai été surpris et mécontent d'apercevoir dans l'étroit corridor la femme du concierge de l'hôtel, qui a paru décontenancée de ma brusque apparition Cette femme a été autrefois au service de ma mère, qui l'avait prise en affection, et qui lui donna en la mariant la place lucrative qu'elle occupe encore aujourd'hui. J'avais cru remarquer depuis quelques jours qu'elle m'épiait, et, la surprenant cette fois presque en flagrant délit :

— Qu'est-ce que vous voulez ? lui ai-je dit violemment.

— Rien, monsieur Maxime, rien, a-t-elle répondu fort troublée; j'apprêtais le gaz.

J'ai levé les épaules, et je suis parti.

Le jour tombait. J'ai pu me promener dans les lieux les plus fréquentés sans craindre de fâcheuses reconnaissances. J'ai été forcé de jeter mon cigare, qui me faisait mal. Ma promenade a duré deux ou trois heures, des heures cruelles. Il y a quelque chose de particulièrement poignant à se sentir attaqué, au milieu de tout l'éclat et de toute l'abondance de la vie civilisée, par le fléau de la vie sauvage, la faim. Cela tient de la folie; c'est un tigre qui vous saute à la gorge en plein boulevard.

Je faisais des réflexions nouvelles. Ce n'est donc pas un vain mot, la faim! Il y a donc vraiment une maladie de ce nom-là; il y a vraiment des créatures humaines qui souffrent à l'ordinaire, et presque chaque jour, ce que je souffre, moi, par hasard, une fois en ma vie. Et pour combien d'entre elles cette souffrance ne se complique-t-elle pas encore de raffinements qui me sont épargnés? Le seul être qui m'intéresse au monde, je le sais du moins à l'abri des maux que je subis : je vois son cher visage heureux, rose et souriant. Mais ceux qui ne souffrent pas seuls, ceux qui entendent le cri déchirant de leurs entrailles répété par des lèvres aimées et suppliantes, ceux qu'attendent dans leur froid logis des femmes aux joues pâles et des petits enfants sans sourire!... Pauvres gens!... O sainte charité!

Ces pensées m'ôtaient le courage de me plaindre; elles m'ont donné celui de soutenir l'épreuve jusqu'au bout. Je pouvais en effet l'abréger. Il y a ici deux ou trois restaurants où je suis connu, et il m'est arrivé souvent, quand j'étais riche, d'y entrer sans scrupule, quoique j'eusse oublié ma bourse. Je pouvais user de ce procédé. Il ne m'eût pas été plus difficile de trouver à emprunter cent sous dans Paris: mais ces expédients, qui sentaient la misère et la tricherie, m'ont décidément répugné. Pour les pauvres cette pente est glissante, et je n'y veux même pas poser le pied : j'aimerais autant, je crois, perdre la probité même que de perdre la délicatesse, qui est la distinction de cette vertu vulgaire. Or, j'ai trop souvent remarqué avec quelle facilité terrible ce sentiment exquis de l'honnête se déflore et se dégrade dans les âmes les mieux douées, non seulement au souffle de la misère, mais au simple contact de la gêne, pour ne pas veiller sur moi avec sévérité, pour ne pas rejeter désormais comme suspectes les capitulations de conscience qui semblent le plus innocentes. Il ne faut pas, quand les mauvais temps viennent, habituer son âme à la souplesse; elle n'a que trop de penchant à plier.

La fatigue et le froid m'ont fait rentrer vers neuf heures. La porte de l'hôtel s'est trouvée ouverte; je gagnais l'escalier d'un pas de fantôme, quand j'ai entendu dans la loge du concierge le bruit d'une conversation animée dont je paraissais faire les frais, car en ce moment même le tyran du lieu prononçait mon nom avec l'accent du mépris.

— Fais-moi le plaisir, disait-il, madame Vauberger, de me laisser tranquille avec ton Maxime. Est-ce moi qui l'ai ruiné, ton Maxime? Eh bien, qu'est-ce que tu me chantes alors? S'il se tue, on l'enterrera, quoi!

— Je te dis, Vauberger, a repris la femme, que ça t'aurait fendu le cœur si tu l'avais vu avaler sa carafe... Et si je croyais, vois-tu, que tu penses ce que tu dis, quand tu dis nonchalamment, comme un acteur : « S'il se tue on l'enterrera!... » Mais je ne le crois pas, parce qu'au fond tu es un brave homme, quoique tu n'aimes pas à être dérangé de tes habitudes... Songe donc, Vauberger, manquer de feu et de pain! Un garçon qui a été nourri toute sa vie avec du blanc-manger et élevé dans les fourrures comme un pauvre chat chéri! Ce n'est pas une honte et une indignité, ça, et ce n'est pas un drôle de gouvernement que ton gouvernement qui permet des choses pareilles!

— Mais ça ne regarde pas du tout le gouvernement, a répondu avec assez de raison M. Vauberger... Et puis, tu te trompes, je te dis... il n'en est pas là... il ne manque pas de pain. C'est impossible!

— Eh bien, Vauberger, je vais te dire tout : je l'ai suivi, je l'ai espionné, là, et je l'ai fait espionner par Édouard ; eh bien, je suis sûre qu'il n'a pas dîné hier, qu'il n'a pas déjeuné ce matin, et comme j'ai

J'AI FOUILLÉ DANS TOUTES SES POCHES...

fouillé dans toutes ses poches et dans tous ses tiroirs, et qu'il n'y reste pas un rouge liard, bien certainement il n'aura pas dîné aujourd'hui, car il est trop fier pour aller mendier un dîner...

— Eh bien, tant pis pour lui ! Quand on est pauvre, il ne faut pas être fier, a dit l'honorable concierge, qui m'a paru en cette circonstance exprimer les sentiments d'un portier.

J'avais assez de ce dialogue ; j'y ai mis fin brusquement en ouvrant la porte de la loge, et en demandant une lumière à M. Vauberger, qui n'aurait pas été plus consterné, je crois, si je lui avais demandé sa tête. Malgré tout le désir que j'avais de faire bonne contenance devant ces gens, il m'a été impossible de ne pas trébucher une ou deux fois dans l'escalier : la tête me tournait. En entrant dans ma chambre ordinairement glaciale, j'ai eu la surprise d'y trouver une température tiède, doucement entretenue par un feu clair et joyeux. Je n'ai pas eu le rigorisme de l'éteindre ! j'ai béni les braves cœurs qu'il y a dans le monde ; je me suis étendu dans un vieux fauteuil en velours d'Utrecht que des revers de fortune ont fait passer, comme moi-même, du rez-de chaussée à la mansarde, et j'ai essayé de sommeiller. J'étais depuis une demi-heure environ plongé dans une sorte de torpeur dont la rêverie uniforme me présentait le mirage

— Qu'est-ce que c'est? ai-je dit. Qu'est-ce que vous faites?

Madame Vauberger a feint une vive surprise.

— Est-ce que monsieur n'a pas demandé à dîner?

— Pas du tout.

— Édouard m'a dit que monsieur...

J'AI CRU RÊVER ENCORE
EN VOYANT ENTRER MADAME VAUBERGER.

de somptueux festins et de grasses kermesses, quand le bruit de la porte qui s'ouvrait m'a réveillé en sursaut. J'ai cru rêver encore, en voyant entrer madame Vauberger ornée d'un vaste plateau sur lequel fumaient deux ou trois plats odoriférants. Elle avait déjà posé son plateau sur le parquet et commencé à étendre une nappe sur la table avant que j'eusse pu secouer entièrement ma léthargie. Enfin, je me suis levé brusquement.

— Édouard s'est trompé : c'est quelque locataire à côté; voyez.

— Mais il n'y a pas de locataire sur le palier de monsieur... Je ne comprends pas...

— Enfin ce n'est pas moi..: Qu'est-ce que cela veut donc dire? Vous me fatiguez? Emportez cela!

La pauvre femme s'est mise alors à replier tristement sa nappe, en me jetant les regards éplorés d'un chien qu'on a battu.

— Monsieur a probablement dîné, a-t-elle repris d'une voix timide.

— Probablement.

— C'est dommage, car le dîner était tout prêt; il va être perdu, et le petit va être grondé par son père. Si monsieur n'avait pas eu dîné par hasard, monsieur m'aurait bien obligée...

J'ai frappé du pied avec violence.

— Allez-vous-en, vous dis-je!

Puis, comme elle sortait, je me suis approché d'elle :

— Ma bonne Louison, je vous comprends, je vous remercie; mais je suis un peu souffrant ce soir, je n'ai pas faim.

— Ah! monsieur Maxime, s'est-elle écriée en pleurant, si vous saviez comme vous me mortifiez! Eh bien, vous me payerez mon dîner, là, si vous voulez; vous me mettrez de l'argent dans la main quand il vous en reviendra;... mais vous pouvez être bien sûr que quand vous me donneriez cent mille francs, ça ne me ferait pas autant de plaisir que de vous voir manger mon pauvre dîner! C'est une fière aumône que vous me feriez, allez! Vous qui avez de l'esprit, monsieur Maxime, vous devez bien comprendre ça, pourtant.

— Eh bien, ma chère Louison... que voulez-vous? Je ne peux pas vous donner cent mille francs... mais je m'en vais manger votre dîner... Vous me laisserez seul, n'est-ce pas?

— Oui, monsieur. Ah! merci, monsieur. Je vous remercie bien, monsieur. Vous avez bon cœur.

— Et bon appétit aussi, Louison. Donnez-moi votre main : ce n'est pas pour y mettre de l'argent, soyez tranquille. Là... Au revoir, Louison.

L'excellente femme est sortie en sanglotant.

J'achevais d'écrire ces lignes après avoir fait honneur au dîner de Louison, quand j'ai entendu dans l'escalier le bruit d'un pas lourd et grave; en même temps j'ai cru distinguer la voix de mon humble providence s'exprimant sur le ton d'une confidence hâtive et agitée. Peu d'instants après, on a frappé, et, pendant que Louison s'effaçait dans l'ombre, j'ai vu paraître dans le cadre de la porte la silhouette solennelle du vieux notaire. M. Laubépin a jeté un regard rapide sur le plateau où j'avais réuni les débris de mon repas; puis, s'avançant vers moi et ouvrant les bras en signe de confusion et de reproche à la fois :

— Monsieur le marquis, a-t-il dit, au nom du ciel! comment ne m'avez-vous pas...?

Il s'est interrompu, s'est promené à grands pas à travers la chambre, et s'arrêtant tout à coup :

— Jeune homme, a-t-il repris, ce n'est pas bien; vous avez blessé un ami, vous avez fait rougir un vieillard!

Il était fort ému. Je le regardais, un peu ému moi-même et ne sachant trop que répondre, quand il m'a brusquement attiré sur sa poitrine, et, me serrant à m'étouffer, il a murmuré à mon oreille :

— Mon pauvre enfant!...

Il y a eu ensuite un moment de silence entre nous. Nous nous sommes assis.

— Maxime, a repris alors M. Laubépin, êtes-vous toujours dans les dispositions où je vous ai laissé? Aurez-vous le courage d'accepter le travail le plus humble, l'emploi le plus modeste, pourvu seulement qu'il soit honorable, et qu'en assurant votre existence personnelle, il éloigne de votre sœur, dans le présent et dans l'avenir, les douleurs et les dangers de la pauvreté?

— Très certainement, monsieur; c'est mon devoir, je suis prêt à le faire.

— En ce cas, mon ami, écoutez-moi. J'arrive de Bretagne. Il existe dans cette ancienne province une opulente famille du nom de Laroque, laquelle m'honore depuis de longues années de son entière confiance. Cette famille est représentée aujourd'hui par un vieillard et par deux femmes, que leur âge ou leur caractère rend tous également inhabiles aux affaires. Les Laroque possèdent une fortune territoriale considérable, dont la gestion était confiée dans ces derniers temps à un intendant que je prenais la liberté de regarder comme un fripon. J'ai reçu le lendemain de notre entrevue, Maxime, la nouvelle de la mort de cet individu : je me suis mis en route immédiatement pour le château de Laroque, et j'ai demandé pour vous l'emploi vacant. J'ai fait valoir votre titre d'avocat, et plus particulièrement vos qualités morales. Pour me conformer à votre désir, je n'ai point parlé de votre naissance : vous n'êtes et ne serez connu dans la maison que sous le nom de

Maxime Odiot. Vous habiterez un pavillon séparé où l'on vous servira vos repas, lorsqu'il ne vous sera pas agréable de

COMMENT
NE M'AVEZ-VOUS PAS...?

figurer à la table de famille. Vos honoraires sont fixés à six mille francs par an. Cela vous convient-il?

— Cela me convient à merveille, et toutes les précautions, toutes les délicatesses de votre amitié me touchent vivement; mais, pour vous dire la vérité, je crains d'être un homme d'affaires un peu étrange, un peu neuf.

— Sur ce point, mon ami, rassurez-vous. Mes scrupules ont devancé les vôtres, et je n'ai rien caché aux intéressés. « Madame, ai-je dit à mon excellente amie madame Laroque, vous avez besoin d'un intendant, d'un gérant pour votre fortune : je vous en offre un. Il est loin d'avoir l'habileté de son prédécesseur: il n'est nullement versé dans les mystères des baux et fermages; il ne sait pas le premier mot des affaires que vous daignerez lui confier; il n'a point de pratique, point d'expérience, rien de ce qui s'apprend, mais il a quelque chose qui manquait à son prédécesseur, que soixante ans de pratique n'avaient pu lui donner, et que dix mille ans n'auraient pu lui donner davantage : il a, madame, la probité. Je l'ai vu au feu, et j'en réponds. Prenez-le : vous serez mon obligée et la sienne. » Madame Laroque, jeune homme, a beaucoup ri de ma manière de recommander les gens; mais finalement il paraît que c'était une bonne manière, puisqu'elle a réussi.

Le digne vieillard s'est offert alors à me donner quelques notions élémentaires et générales sur l'espèce d'administration dont je vais être chargé: il y ajouta, au sujet des intérêts de la famille Laroque, des renseignements qu'il a pris la peine de recueillir et de rédiger pour moi

— Et quand devrai-je partir, mon cher monsieur?

— Mais, à vrai dire, mon garçon (il n'était plus question de monsieur le marquis), le plus tôt sera le mieux, car ces gens là-bas ne sont pas capables à eux tous de faire une quittance. Mon excellente amie, madame Laroque, en particulier, femme d'ailleurs recommandable à divers titres, est en affaires d'une incurie, d'une inaptitude, d'une enfance qui dépasse l'imagination. C'est une créole.

— Ah! c'est une créole? ai-je répété avec je ne sais quelle vivacité.

— Oui, jeune homme, une vieille créole, a repris sèchement M. Laubépin. Son mari était Breton; mais ces détails viendront en leur temps... A demain, Maxime, bon courage!... Ah! j'oubliais... Jeudi matin, avant mon départ, j'ai fait une chose qui ne vous sera pas désagréable. Vous aviez parmi vos créanciers quelques fripons dont les relations avec votre père avaient été visiblement entachées d'usure : armé des foudres légales, j'ai réduit leurs créances de moitié, et j'ai obtenu quittance du tout. Il vous reste en définitive un capital d'une vingtaine de mille francs. En joignant à cette réserve les économies que vous pourrez faire chaque année sur vos honoraires, nous aurons dans dix ans une jolie dot pour Hélène... Ah çà, venez demain déjeuner avec maître Laubépin, et nous achèverons de régler cela... Bonsoir, Maxime, bonne nuit, mon cher enfant.

— Que Dieu vous bénisse, monsieur!

Château de Laroque (d'Arz), 1er mai.

J'ai quitté Paris hier. Ma dernière entrevue avec M. Laubépin a été pénible. J'ai voué à ce vieillard les sentiments d'un fils. Il a fallu ensuite dire adieu à Hélène. Pour lui faire comprendre la nécessité où je me trouve d'accepter un emploi, il était indispensable de lui laisser entrevoir une partie de la vérité. J'ai parlé de quelques embarras de fortune passagers. La pauvre enfant en a compris, je crois, plus que je n'en disais : ses grands yeux étonnés se sont remplis de larmes, et elle m'a sauté au cou.

Enfin je suis parti. Le chemin de fer m'a mené à Rennes, où j'ai passé la nuit. Ce matin, je suis monté dans une diligence qui devait me déposer cinq ou six heures plus tard dans une petite ville du Morbihan, située à peu de distance du château de Laroque. J'ai fait une dizaine de lieues au delà de Rennes sans parvenir à me rendre compte de la réputation pittoresque dont jouit dans le monde la vieille Armorique. Un pays plat, vert et monotone, d'éternels pommiers dans d'éternelles prairies, des fossés et des talus boisés bornant la vue des deux côtés de la route, tout au plus quelques petits coins d'une grâce champêtre, des blouses et des chapeaux cirés pour animer ces tableaux vulgaires, tout cela me donnait fortement à penser depuis la veille que la poétique Bretagne n'était qu'une sœur prétentieuse et même un peu maigre de la Basse-Normandie. Fatigué de déceptions et de pommiers, j'avais cessé depuis une heure d'accorder la moindre attention au paysage, et je sommeillais tristement, quand il m'a semblé tout à coup m'apercevoir que notre lourde voiture penchait en avant plus que de raison : en même temps l'allure des chevaux se ralentissait sensiblement, et un bruit de ferrailles, accompagné d'un frottement particulier, m'annonçait que

d'une seule arche, puis elle remontait la pente opposée en traçant un sillon blanc

J'AVAIS MIS PIED A TERRE POUR MONTER LA COTE.

le dernier des conducteurs venait d'appliquer le dernier des sabots à la roue de la dernière diligence. Une vieille dame, qui était assise près de moi, m'a saisi le bras avec cette vive sympathie que fait naître la communauté du danger. J'ai mis la tête à la portière : nous descendions, entre deux talus élevés, une côte extrêmement raide, conception d'un ingénieur véritablement trop ami de la ligne droite. Moitié glissant, moitié roulant, nous n'avons pas tardé à nous trouver dans un étroit vallon d'un aspect sinistre, au fond duquel un chétif ruisseau coulait péniblement et sans bruit entre d'épais roseaux; sur ses rives écroulées se tordaient quelques vieux troncs couverts de mousse. La route traversait ce ruisseau sur un pont à travers une lande immense, aride et absolument nue, dont le sommet coupait le ciel vigoureusement en face de nous. Près du pont, et au bord du chemin s'élevait une masure solitaire dont l'air de profond abandon serrait le cœur. Un homme jeune et robuste était occupé à fendre du bois devant la porte : un cordon noir retenait par derrière ses longs cheveux d'un blond pâle. Il a levé la tête, et j'ai été surpris du caractère étranger de ses traits, du regard calme de ses yeux bleus : il m'a salué dans une langue inconnue d'un accent bref, doux et sauvage. A la fenêtre de la chaumière se tenait une femme qui filait : sa coiffure et la coupe de ses vêtements reproduisaient avec une exactitude théâtrale l'image de ces grêles châtelaines de pierre qu'on voit couchées sur les tombeaux. Ces gens n'avaient point la mine de paysans : ils avaient au plus haut degré cette apparence aisée, gracieuse et grave qu'on nomme l'air distingué. Leur physionomie portait cette expression triste et rêveuse que j'ai souvent remarquée avec émotion chez les peuples dont la nationalité est perdue.

J'avais mis pied à terre pour monter la côte. La lande, que rien ne séparait de la route, s'étendait tout autour de moi à perte de vue : partout de maigres ajoncs rampant sur une terre noire; çà et là des ravines, des crevasses, des carrières abandonnées, quelques rochers affleurant le sol; pas un arbre. Seulement, quand je suis arrivé sur le plateau, j'ai vu à ma droite la ligne sombre de la lande découper dans l'extrême lointain une bande d'horizon plus lointaine encore, légèrement dentelée, bleue comme la mer, inondée de soleil, et qui semblait ouvrir au milieu de ce site désolé la soudaine perspective de quelque région radieuse et féerique : c'était enfin la Bretagne!

J'ai dû fréter un voiturin dans la petite ville de *** pour faire les deux lieues qui me séparaient encore du terme de mon voyage. Pendant le trajet, qui n'a pas été des plus rapides, je me souviens confusément d'avoir vu passer sous mes yeux des bois, des clairières, des lacs, des oasis de fraîche verdure cachées dans les vallons; mais, en approchant du château de Laroque je me sentais assailli par mille pensées pénibles qui laissaient peu de place aux préoccupations du touriste. Encore quelques instants, et j'allais entrer dans une famille inconnue, sur le pied d'une sorte de domesticité déguisée, avec un titre qui m'assurait à peine les égards et le respect des valets de la maison; ceci était nouveau pour moi. Au moment même où M. Laubépin m'avait proposé cet emploi d'intendant, tous mes instincts, toutes mes habitudes s'étaient insurgés violemment contre le caractère de dépendance particulière attaché à de telles fonctions. J'avais cru néanmoins qu'il m'était impossible de les refuser sans paraître infliger aux démarches empressées de mon vieil ami en ma faveur une sorte de blâme décourageant. De plus, je ne pouvais espérer d'obtenir avant plusieurs années dans des fonctions plus indépendantes les avantages qui m'étaient faits ici dès le début, et qui allaient me permettre de travailler sans retard à l'avenir de ma sœur. J'avais donc vaincu mes répugnances, mais elles avaient été bien vives, et elles se réveillaient avec plus de force en face de l'imminente réalité. J'ai eu besoin de relire dans le code que tout homme porte en soi les chapitres du devoir et du sacrifice; en même temps je me répétais qu'il n'est pas de situation si humble où la dignité personnelle ne se puisse soutenir et qu'elle ne puisse relever. Puis je me traçais un plan de conduite vis-à-vis des membres de la famille Laroque me promettant de témoigner pour leurs intérêts un zèle consciencieux, pour leurs personnes une juste déférence, également éloignée de la servilité et de la raideur. Mais je ne pouvais me dissimuler que cette dernière partie de ma tâche, la plus délicate sans contredit, devait être simplifiée ou compliquée singulièrement par la nature spéciale des caractères et des esprits avec lesquels j'allais me trouver en contact. Or M. Laubépin, tout en reconnaissant ce que ma sollicitude sur l'article personnel avait de légitime, s'était montré obstinément avare de renseignements et de détails à ce sujet. Toutefois, à l'heure du départ, il m'avait remis une note confidentielle, en me recommandant de la jeter au feu dès que j'en aurais fait mon profit. J'ai tiré cette note de mon portefeuille, et je me suis mis à en étudier les termes sibyllins, que je reproduis ici exactement.

Château de Laroque (d'Arz).

ÉTAT DES PERSONNES QUI HABITENT LEDIT CHATEAU

« 1° M. Laroque (Louis-Auguste), octogénaire, chef actuel de la famille, source principale de la fortune ; ancien marin, célèbre sous le premier Empire en qualité de corsaire autorisé ; paraît s'être enrichi sur mer par des entreprises légales de diverse nature ; a longtemps habité les colonies. Originaire de Bretagne, il est revenu s'y fixer, il y a une trentaine d'années, en compagnie de feu Pierre-Antoine Laroque, son fils unique, époux de

» 2° Madame Laroque (Joséphine-Clara), belle-fille du susnommé ; créole d'origine, âgée de quarante ans ; caractère indolent, esprit romanesque, quelques manies : belle âme ;

» 3° Mademoiselle Laroque (Marguerite-Louise), petite-fille, fille et présomptive héritière des précédents, âgée de vingt ans ; créole et Bretonne ; quelques chimères : belle âme ;

» 4° Madame Aubry, veuve du sieur Aubry, agent de change, décédé en Belgique ; cousine au deuxième degré, recueillie dans la maison : esprit aigri ;

» 5° Mademoiselle Hélouin (Caroline-Gabrielle), vingt-six ans ; ci-devant institutrice, aujourd'hui demoiselle de compagnie : esprit cultivé, caractère douteux.

» Brûlez. »

Ce document, malgré la réserve qui le caractérisait, ne m'a pas été inutile : j'ai senti se dissiper, avec l'horreur de l'inconnu, une partie de mes appréhensions. D'ailleurs, s'il y avait, comme le prétendait M. Laubépin, deux belles âmes dans le château de Laroque, c'était assurément plus qu'on n'avait droit d'espérer sur une proportion de cinq habitants.

Après deux heures de marche, le voiturier s'est arrêté devant une grille flanquée de deux pavillons qui servent de logement à un concierge. J'ai laissé là mon gros bagage, et je me suis acheminé vers le château, tenant d'une main mon sac de nuit et décapitant de l'autre, à coups de canne, les marguerites qui perçaient le gazon. Après avoir fait quelques centaines de pas entre deux rangs d'énormes châtaigniers, je me suis trouvé dans un vaste jardin de disposition circulaire, qui paraît se transformer en parc un peu plus loin. J'apercevais, à droite et à gauche, de profondes perspectives ouvertes entre d'épais massifs déjà verdoyants, des pièces d'eau fuyant sous les arbres, et des barques blanches remisées sous des toits rustiques. — En face de moi s'élevait le château, construction considérable, dans le goût élégant et à demi italien des premières années de Louis XIII. Il est précédé d'une terrasse qui forme, au pied d'un double perron et sous les hautes fenêtres de la façade, une sorte de jardin particulier auquel on accède par plusieurs escaliers larges et bas. L'aspect riant et fastueux de cette demeure m'a causé un véritable désappointement, qui n'a pas diminué, lorsqu'en approchant de la terrasse, j'ai entendu un bruit de voix jeunes et joyeuses qui se détachait sur le bourdonnement plus lointain d'un piano. J'entrais décidément dans un lieu de plaisance, bien différent du vieux et sévère donjon que j'avais aimé à me figurer. Toutefois ce n'était plus l'heure des réflexions; j'ai gravi lestement les degrés, et je me suis trouvé tout à coup en face d'une scène qu'en toute autre circonstance j'aurais jugée assez gracieuse. Sur une des pelouses du parterre, une demi douzaine de jeunes filles, enlacées deux à deux et se riant au nez, tourbillonnaient dans un rayon de soleil, tandis qu'un piano, touché par une main savante, leur envoyait, à travers une fenêtre ouverte, les mesures d'une valse impétueuse. J'ai eu du reste à peine le temps d'entrevoir les visages animés des danseuses, les cheveux dénoués, les larges chapeaux flottant sur les épaules : ma brusque apparition a été saluée par un cri général, suivi aussitôt d'un silence profond; les danses avaient cessé, et toute la bande, rangée en bataille, attendait gravement le passage de l'étranger. L'étranger cependant s'était arrêté, non sans laisser voir un peu d'embarras. Quoique ma pensée n'appartienne guère depuis quelque temps aux prétentions mondaines, j'avoue que j'aurais en ce moment fait bon marché de mon sac de nuit. Il a fallu en prendre mon parti. Comme je m'avançais, mon chapeau à la main, vers le double escalier qui donne accès dans le vestibule du château, le piano s'est interrompu tout à coup. J'ai vu se présenter d'abord à la fenêtre ouverte un énorme chien de l'espèce des terre-neuve, qui a posé sur la barre d'appui son mufle léonin entre ses deux pattes velues; puis, l'instant d'après, a paru une jeune fille d'une taille élevée, dont le visage un peu brun et la physionomie sérieuse étaient encadrés dans une masse épaisse de cheveux noirs et lustrés. Ses yeux, qui m'ont semblé d'une dimension extraordinaire, ont interrogé avec une curiosité nonchalante la scène qui se passait au dehors.

— Eh bien, qu'est-ce qu'il y a donc? a-t-elle dit d'une voix tranquille.

Je lui ai adressé une profonde inclination, et, maudissant une fois de plus mon sac de nuit, qui amusait visiblement ces demoiselles, je me suis hâté de franchir le perron.

Un domestique à cheveux gris, vêtu de noir, que j'ai trouvé dans le vestibule, a pris mon nom. J'ai été introduit quelques minutes plus tard, dans un vaste salon tendu de soie jaune, où j'ai reconnu d'abord la jeune personne que je venais de voir à la fenêtre, et qui était définitivement d'une extrême beauté. Près de la cheminée, où flamboyait une véritable fournaise, une dame d'un âge moyen, et dont les traits accusaient fortement le type créole, se tenait ensevelie dans un grand fauteuil compliqué d'édredons, de coussins et de coussinets de toutes proportions. Un trépied de forme antique, que surmontait un *brasero* allumé, était placé à sa portée, et elle en approchait par intervalles ses mains grêles et pâles. A côté de madame Laroque était assise une dame qui tricotait : à sa mine morose et disgracieuse je n'ai pu méconnaître la cousine au deuxième degré veuve de l'agent de change décédé en Belgique.

Le premier regard qu'a jeté sur moi madame Laroque m'a paru empreint d'une surprise touchant à la stupeur. Elle m'a fait répéter mon nom.

— Pardon!... monsieur?...

— Odiot, madame.

— Maxime Odiot, le gérant, le régisseur que monsieur Laubépin?...

— Oui, madame.

— Vous êtes bien sûr?

Je n'ai pu m'empêcher de sourire.

— Mais oui, madame, parfaitement.

elle s'est agitée légèrement dans ses coussinets, et a repris .

— Enfin, veuillez vous asseoir, monsieur

EH BIEN, QU'EST-CE QU'IL Y A DONC ?

Elle a jeté un coup d'œil rapide sur la veuve de l'agent de change, puis sur la jeune fille au front sévère, comme pour leur dire « Concevez-vous ça? » après quoi

Odiot. Je vous remercie beaucoup, monsieur, de vouloir bien nous consacrer vos talents. Nous avons grand besoin de votre aide, je vous assure, car enfin nous avons, on ne peut le nier, le malheur d'être fort riches... S'apercevant qu'à ces mots la cousine au deuxième degré levait les épaules : — Oui, ma chère madame Aubry a poursuivi madame Laroque, j'y tiens. En me faisant riche, le bon Dieu a voulu m'éprouver. J'étais née positivement pour la pauvreté, pour les privations, pour le dévouement et le sacrifice : mais j'ai toujours été contrariée. Par exemple, j'aurais aimé à avoir un mari infirme. Eh bien, monsieur Laroque était un homme d'une admirable santé. Voilà comment ma destinée a été et sera manquée d'un bout à l'autre....

— Laissez donc, a dit sèchement madame Aubry. La pauvreté vous irait bien à vous, qui ne savez vous refuser aucune douceur, aucun raffinement !

— Permettez, chère madame, a repris madame Laroque, je n'ai aucun goût pour les dévouements inutiles. Quand je me condamnerais aux privations les plus dures à qui ou à quoi cela profiterait-il? Quand je gèlerais du matin au soir, en seriez-vous plus heureuse?

Madame Aubry a fait entendre d'un geste expressif qu'elle n'en serait pas plus heureuse, mais qu'elle considérait le langage de madame Laroque comme prodigieusement affecté et ridicule.

— Enfin, a continué celle-ci, heur ou malheur, peu importe. Nous sommes donc très riches, monsieur Odiot, et, si peu de cas que je fasse moi-même de cette fortune, mon devoir est de la conserver pour ma fille, quoique la pauvre enfant ne s'en soucie pas plus que moi, n'est-ce pas, Marguerite?

A cette question, un faible sourire a entr'ouvert les lèvres dédaigneuses de mademoiselle Marguerite et l'arc allongé de ses sourcils s'est tendu légèrement, après quoi cette physionomie grave et superbe est rentrée dans le repos.

— Monsieur, a repris madame Laroque, on va vous montrer le logement que nous vous avons destiné, sur le désir formel de monsieur Laubépin ; mais, auparavant, permettez qu'on vous conduise chez mon beau-père, qui sera bien aise de vous voir. Voulez-vous sonner, ma chère cousine? J'espère, monsieur Odiot, que vous nous ferez le plaisir de dîner aujourd'hui avec nous Bonjour, monsieur, à bientôt.

On m'a confié aux soins d'un domestique qui m'a prié d'attendre, dans une pièce

MARGUERITE.

contiguë à celle d'où je sortais, qu'il eût pris les ordres de M. Laroque. Cet homme avait laissé la porte du salon entr'ouverte, et il m'a été impossible de ne pas entendre ces paroles prononcées par madame Laroque sur le ton de bonhomie un peu ironique qui lui est habituel.

— Ah çà ! comprend-on Laubépin, qui m'annonce un garçon d'un certain âge, très simple, très mûr, et qui m'envoie un monsieur comme ça?

Mademoiselle Marguerite a murmuré quelques mots qui m'ont échappé, à mon vif regret, je l'avoue, et auxquels sa mère a répondu aussitôt :

— Je ne te dis pas le contraire, ma fille ; mais cela n'en est pas moins parfaitement ridicule de la part de Laubépin. Comment veux-tu qu'un monsieur comme ça s'en aille trotter en sabots dans les terres labourées. Je parie que jamais il n'a mis de sabots, cet homme-là. Il ne sait pas même ce que c'est que des sabots. Eh bien, c'est peut-être un tort que j'ai, ma fille, mais je ne peux pas me figurer un bon intendant sans sabots. Dis-moi, Margue-

EN M'APERCEVANT ELLE A PARU PEU SATISFAITE.

rite, j'y pense, si tu l'accompagnais chez ton grand-père?

Mademoisellle Marguerite est entrée presque aussitôt dans la pièce où je me trouvais. En m'apercevant elle a paru peu satisfaite.

— Pardon, mademoiselle; mais ce domestique m'a dit de l'attendre ici.

— Veuillez me suivre, monsieur.

Je l'ai suivie. Elle m'a fait monter un escalier, traverser plusieurs corridors, et m'a introduit enfin dans une espèce de galerie où elle m'a laissé. Je me suis mis à examiner quelques tableaux suspendus au mur. Ces peintures étaient pour la plupart des marines fort médiocres consacrées à la gloire de l'ancien corsaire de l'Empire. Il y avait plusieurs combats de mer un peu enfumés, dans lesquels il était évident toutefois que le petit brick *l'Aimable*, capitaine Laroque, vingt-six canons, causait à John Bull les plus sensibles désagréments. Puis venaient quelques portraits en pied du capitaine Laroque, qui naturellement ont attiré mon attention spéciale. Ils représentaient tous, sauf de légères variantes, un homme d'une taille gigantesque, portant une sorte d'uniforme républicain à grands parements, chevelu comme Kléber, et poussant droit devant lui un regard énergique, ardent et sombre, au total une espèce d'homme qui n'avait rien de plaisant. Comme j'étudiais curieusement cette grande figure, qui réalisait à merveille l'idée qu'on se fait en général d'un corsaire, et même d'un pirate, mademoiselle Marguerite m'a prié d'entrer. Je me suis trouvé alors en face d'un vieillard maigre et décrépit dont les yeux conservaient à peine l'étincelle vitale, et qui, pour me faire accueil, a touché d'une main tremblante le bonnet de soie noire qui couvrait son crâne luisant comme l'ivoire.

— Grand-père, a dit mademoiselle Marguerite en élevant la voix, c'est monsieur Odiot.

Le pauvre vieux corsaire s'est un peu soulevé sur son fauteuil en me regardant avec une expression terne et indécise. Je me suis assis, sur un signe de mademoiselle Marguerite, qui a répété :

— Monsieur Odiot, le nouvel intendant, mon père!

— Ah! bonjour, monsieur, a murmuré le vieillard.

Une pause du plus pénible silence a suivi. Le capitaine Laroque, le corps courbé en deux et la tête pendante, continuait à fixer sur moi son regard effaré. Enfin, paraissant tout à coup rencontrer un sujet d'entretien d'un intérêt capital, il m'a dit d'une voix sourde et profonde :

— Monsieur de Bauchêne est mort!

A cette communication inattendue, je n'ai pu trouver aucune réponse : j'ignorais absolument qui pouvait être ce M. de Bauchêne et mademoiselle Marguerite ne se donnant pas la peine de me l'apprendre, je me suis borné à témoigner, par une faible exclamation de condoléance, de la part que je prenais à ce malheureux événement. Ce n'était pas assez apparemment au gré du vieux capitaine car il a repris, le moment d'après, du même ton lugubre :

— Monsieur de Bauchêne est mort!

Mon embarras a redoublé en face de cette insistance. Je voyais le pied de mademoiselle Marguerite battre le parquet avec impatience; le désespoir m'a pris, et, saisissant au hasard la première phrase qui m'est venue à la pensée :

— Ah! et de quoi est-il mort? ai-je dit.

Cette question ne m'était pas échappée qu'un regard courroucé de mademoiselle Marguerite m'avertissait que j'étais suspect de je ne sais quelle irrévérence railleuse. Bien que je ne me sentisse réellement coupable que d'une sotte gaucherie, je me suis empressé de donner à l'entretien un tour plus heureux. J'ai parlé des tableaux de la galerie, des grandes émotions qu'ils devaient rappeler au capitaine, de l'intérêt respectueux que j'éprouvais à contempler le héros de ces glorieuses pages. Je suis même entré dans le détail, et j'ai cité avec une certaine chaleur deux ou trois combats où le brick *l'Aimable* m'avait paru véritablement accomplir des miracles. Pendant que je faisais preuve de cette courtoisie de bon goût, mademoiselle Marguerite, à mon extrême surprise, continuait de me regarder avec un mécontentement et un dépit manifestes. Son grand-père cependant me prêtait une oreille attentive : je voyais sa tête se relever peu à peu. Un sourire étrange éclairait son visage décharné et semblait en effacer les rides. Tout à coup, saisissant des deux mains les bras de son fauteuil, il s'est redressé de toute sa taille; une flamme guerrière a jailli de ses profondes orbites, et il s'est écrié d'une voix sonore qui m'a fait tressaillir :

— La barre au vent! Tout au vent! Feu bâbord! Accoste, accoste! Jetez les grappins! vivement! nous le tenons! Feu là-haut! un bon coup de balai, nettoyez son pont! A moi maintenant! ensemble! sus à l'Anglais, au Saxon maudit! hourra!

En poussant ce dernier cri, qui a râlé dans sa gorge, le vieillard, vainement soutenu par les mains pieuses de sa petite-fille, est retombé comme écrasé dans son fauteuil. Mademoiselle Laroque m'a fait un signe impérieux, et je suis sorti. J'ai retrouvé mon chemin comme j'ai pu à travers le dédale des corridors et des escaliers, me félicitant vivement de l'esprit d'à-propos que j'avais déployé dans mon entrevue avec le vieux capitaine de *l'Aimable*.

Le domestique à cheveux gris qui m'avait reçu à mon arrivée, et qui se nomme Alain, m'attendait dans le vestibule pour me dire, de la part de madame Laroque, que je n'avais plus le temps de visiter mon logement avant le dîner, que j'étais bien comme j'étais. Au moment même où j'entrais dans le salon, une société d'une vingtaine de personnes en sortait avec les cérémonies d'usage pour se rendre dans la salle à manger. C'était la première fois depuis le changement de ma condition, que je me trouvais mêlé à une réunion mondaine. Habitué naguère aux petites distinctions que l'étiquette des salons accorde en général à la naissance et à la fortune, je n'ai pas reçu sans amertume les premiers témoignages de la négligence et du dédain auxquels me condamne inévitablement ma situation nouvelle. Réprimant de mon mieux les révoltes de la fausse gloire, j'ai offert mon bras à une jeune fille de petite taille, mais bien faite et gracieuse, qui restait seule en arrière de tous les convives, et qui était, comme je l'ai supposé, mademoiselle Hélouin l'institutrice. Ma place était marquée à table près de la sienne. Pendant qu'on s'asseyait, mademoiselle Marguerite est apparue comme Antigone, guidant la marche lente et traînante de son aïeul. Elle est venue s'asseoir à ma droite, avec cet air de tranquille majesté qui lui est propre, et le puissant terre-neuve qui paraît être le gardien attitré de cette princesse, n'a pas manqué de se poster en sentinelle derrière sa chaise. J'ai cru devoir exprimer sans retard à ma voisine le regret que j'éprouvais d'avoir maladroitement provoqué des souvenirs qui semblaient agiter d'une manière fâcheuse l'esprit de son grand-père.

— C'est à moi de m'excuser, monsieur, a-t-elle répondu ; j'aurais dû vous prévenir qu'il ne faut jamais parler des Anglais devant mon père... Connaissiez-vous la Bretagne, monsieur?

J'ai dit que je ne la connaissais pas avant ce jour, mais que j'étais parfaitement heureux de la connaître, et pour prouver qu'en outre j'en étais digne, j'ai parlé sur le mode lyrique des beautés pittoresques qui m'avaient frappé pendant la route. A l'instant où je pensais que cette adroite flatterie me conciliait au plus haut degré la bienveillance de la jeune Bretonne, j'ai vu avec étonnement les symptômes de l'impatience et de l'ennui se peindre sur son front. J'étais décidément malheureux avec cette jeune fille.

— Allons! je vois, monsieur, a-t-elle dit avec une singulière expression d'ironie, que vous aimez ce qui est beau, ce qui parle à l'imagination et à l'âme, la nature, la verdure, les bruyères, les pierres et les beaux-arts. Vous vous entendrez à merveille avec mademoiselle Hélouin, qui adore également toutes ces choses, lesquelles, pour mon compte, je n'aime guère.

— Mais, au nom du ciel, qu'est-ce donc que vous aimez, mademoiselle?

A cette question, que je lui adressais sur le ton d'un aimable enjouement, mademoiselle Marguerite s'est brusquement tournée vers moi, m'a lancé un regard hautain, et a répondu sèchement :

— J'aime mon chien. Ici, Mervyn!

Puis elle a plongé affectueusement sa main dans la profonde fourrure du terre-neuve, qui, mâté sur ses pieds de derrière, allongeait déjà sa tête formidable entre mon assiette et celle de mademoiselle Marguerite.

Je n'ai pu m'empêcher d'observer avec un intérêt nouveau la physionomie de cette bizarre personne, et d'y chercher les signes extérieurs de la sécheresse d'âme dont elle paraît faire profession. Mademoiselle Laroque, qui m'avait paru d'abord fort grande, ne doit cette apparence qu'au caractère ample et parfaitement harmonieux de sa beauté. Elle est en réalité d'une taille ordinaire. Son visage, d'un ovale un peu arrondi, et son cou, d'une pose exquise et fière, sont légèrement recouverts d'une teinte d'or sombre. Sa chevelure, qui marque sur son front un relief épais, jette à chaque mouvement de la tête des reflets onduleux et bleuâtres : les narines, délicates et minces, semblent copiées sur le modèle divin d'une madone

J'AIME MON CHIEN. ICI, MERVYN !

romaine et sculptées dans une nacre vivante. Au-dessous des yeux, larges, profonds et pensifs, le hâle doré des joues se nuance d'une sorte d'auréole plus brune qui semble une trace projetée par l'ombre des cils ou comme brûlée par le rayonnement ardent du regard. Je puis difficilement rendre la douceur souveraine du sourire qui, par intervalles, vient animer ce beau visage, et tempérer par je ne sais quelle contradiction gracieuse l'éclat de ces grands yeux. Certes la déesse même de la poésie, du rêve et des mondes enchantés, pourrait se présenter hardiment aux hommages des mortels sous la forme de cette enfant qui n'aime que son chien. La nature, dans ses productions les plus choisies, nous prépare souvent ces cruelles mystifications.

Au surplus, il m'importe assez peu. Je sens assez que je suis destiné à jouer dans l'imagination de mademoiselle Marguerite le rôle qu'y pourrait jouer un nègre, objet, comme on sait, d'une mince séduction pour les créoles. De mon côté, je me flatte d'être aussi fier que mademoiselle Marguerite : le plus impossible des amours pour moi serait celui qui m'exposerait au soupçon d'intrigue et d'industrie. Je ne pense pas au reste avoir à m'armer d'une grande force morale contre un danger qui ne me paraît pas vraisemblable, car la beauté de mademoiselle Laroque est de celles qui appellent la pure contemplation de l'artiste plutôt qu'un sentiment d'une nature plus humaine et plus tendre.

Cependant, sur le nom de Mervyn, que mademoiselle Marguerite avait donné à son garde du corps, ma voisine de gauche, mademoiselle Hélouin, s'était lancée à pleines voiles dans le cycle d'Arthur, elle a bien voulu m'apprendre que Mervyn était le nom authentique de l'enchanteur célèbre que le vulgaire appelle Merlin. Des chevaliers de la Table ronde elle est remontée jusqu'au temps de César, et j'ai vu défiler devant moi, dans une procession un peu prolixe, toute la hiérarchie des druides, des bardes et des ovates, après quoi nous sommes tombés fatalement de *menhir* en *dolmen* et de *galgal* en *cromlech*.

Pendant que je m'égarais dans les forêts celtiques sur les pas de mademoiselle Hélouin, à laquelle il ne manque qu'un peu d'embonpoint pour être une druidesse fort passable, la veuve de l'agent de change, placée près de nous, faisait retentir les échos d'une plainte continue et monotone comme celle d'un aveugle : on avait oublié de lui donner un chauffe-pieds; on lui servait du potage froid; on lui servait des os décharnés; voilà comme on la traitait. Au reste, elle y était habituée. Il est triste d'être pauvre, bien triste. Elle voudrait être morte.

— Oui, docteur, — elle s'adressait à son voisin, qui semblait écouter ses doléances avec une affectation d'intérêt tant soit peu ironique. — Oui, docteur, ce n'est pas une plaisanterie : je voudrais être morte. Ce serait un grand débarras pour tout le monde, d'ailleurs. Songez donc, docteur! quand on a mangé dans de l'argenterie à ses armes... être réduite à la charité, et se voir le jouet des domestiques! On ne sait pas tout ce que je souffre dans cette maison, on ne le saura jamais. Quand on a de la fierté on souffre sans se plaindre; aussi je me tais, docteur, mais je n'en pense pas moins.

C'est cela, ma chère dame, a dit le docteur, qui se nomme, je crois, Desmarets; n'en parlons plus . buvez frais, cela vous calmera.

— Rien, rien ne me calmera, docteur, que la mort!

— Eh bien, madame. quand vous voudrez! a répliqué le docteur résolument.

Dans une région plus centrale, l'attention des convives était accaparée par la verve insouciante, caustique et fanfaronne d'un personnage que j'ai entendu nommer M. de Bévallan, et qui paraît jouir ici des droits d'une intimité particulière. C'est un homme d'une grande taille, d'une jeunesse déjà mûre, et dont la tête rappelle assez fidèlement le type du roi Fançois Ier.

IL M'A OFFERT UN CIGARE APRÈS LE DINER.

On l'écoute comme un oracle, et mademoiselle Laroque elle-même lui accorde autant d'intérêt et d'admiration qu'elle paraît capable d'en concevoir pour quelque chose en ce monde. Pour moi, comme la plupart des saillies que j'entendais applaudir se rapportaient à des anecdotes locales et à des circonstances de clocher, je n'ai pu apprécier qu'incomplètement jusqu'ici le mérite de ce lion armoricain.

J'ai eu toutefois à me louer de sa courtoisie : il m'a offert un cigare après le dîner, et m'a emmené dans le boudoir où l'on fume. Il en faisait en même temps les honneurs à trois ou quatre jeunes gens à peine sortis de l'adolescence, qui le regardent évidemment comme un modèle de belles façons et d'exquise scélératesse.

— Eh bien, Bévallan, a dit un de ces jeunes séides, vous ne renoncez donc pas à la prêtresse du soleil?

— Jamais! a répondu M. de Bévallan. J'attendrai dix mois, dix ans, s'il le faut; mais je l'épouserai ou personne ne l'épousera.

— Vous n'êtes pas malheureux, vieux drôle! l'institutrice vous aidera à prendre patience.

— Dois-je vous couper la langue ou les oreilles, jeune Arthur? a repris à demi-voix M. de Bévallan en s'avançant vers son interlocuteur en lui faisant, d'un signe rapide, remarquer ma présence.

On a mis alors sur le tapis, dans un pêle-mêle charmant, tous les chevaux, tous les chiens et toutes les dames du canton. Il serait à désirer, par parenthèse, que les femmes pussent assister secrètement, une fois en leur vie, à une de ces conversations qui se tiennent entre hommes dans la première effusion qui suit un repas copieux : elles y trouveraient la mesure exacte de la délicatesse de nos mœurs et de la confiance qu'elle doit leur inspirer. Au surplus, je ne me pique nullement de pruderie; mais l'entretien dont j'étais le témoin avait le tort grave, à mon avis, de dépasser les limites de la plaisanterie la plus libre : il touchait à tout en passant, outrageait tout gaiement et prenait un caractère très gratuit d'universelle profanation. Or mon éducation, trop incomplète sans doute, m'a laissé dans le cœur un fonds de respect qui me paraît devoir être réservé au milieu des plus vives expansions de la bonne humeur. Cependant nous avons aujourd'hui en France notre jeune Amérique, qui n'est point contente si elle ne blasphème un peu après boire; nous avons d'aimables petits bandits, espoir de l'avenir, qui n'ont eu ni père ni mère, qui n'ont point de patrie, qui n'ont point de Dieu, mais qui paraissent être le produit brut de quelque machine sans entrailles et sans âme qui les a déposés fortuitement sur ce globe pour en être le médiocre ornement.

Bref, M. de Bévallan, qui ne craint point de s'instituer le professeur cynique de ces roués sans barbe, ne m'a pas plu, et je ne pense pas lui avoir plu davantage. J'ai prétexté un peu de fatigue, et j'ai pris congé.

Sur ma requête, le vieil Alain s'est armé d'une lanterne et m'a guidé à travers le parc vers le logis qui m'est destiné. Après quelques minutes de marche, nous avons traversé un pont de bois jeté sur une rivière, et nous nous sommes trouvés devant une porte massive et ogivale, qui est surmontée d'une espèce de beffroi et flanquée de deux tourelles. C'est l'entrée de l'ancien château. Des chênes et des sapins séculaires forment autour de ce débris féodal une enceinte mystérieuse, qui lui donne un air de profonde retraite. C'est dans cette ruine que je dois habiter. Mon appartement, composé de trois chambres très proprement tendues de perse, se prolonge au-dessus de la porte d'une tourelle à l'autre. Ce séjour mélancolique ne laisse pas de me plaire : il convient à ma fortune. A peine délivré du vieil Alain, qui est d'humeur un peu conteuse, je me suis mis à écrire le récit de cette importante journée, m'interrompant par intervalles pour écouter le murmure assez doux de la petite rivière qui coule sous mes fenêtres et le cri de la chouette légendaire qui célèbre dans les bois voisins ses tristes amours.

1er juillet.

Il est temps que j'essaye de démêler le fil de mon existence personnelle et intime qui, depuis deux mois, s'est un peu perdu au milieu des obligations actives de ma charge.

Le lendemain de mon arrivée, après avoir étudié pendant quelques heures dans ma retraite les papiers et les registres du père Hivart, comme on nomme ici mon prédécesseur, j'allai déjeuner au château, où je ne retrouvai plus qu'une faible partie des hôtes de la veille. Madame Laroque, qui a beaucoup vécu à Paris avant que la santé de son beau-père

LE VIEIL ALAIN S'EST ARMÉ D'UNE LANTERNE ET M'A GUIDÉ A TRAVERS LE PARC.

l'eût condamnée à une perpétuelle villégiature, conserve fidèlement dans sa retraite le goût des intérêts élevés, élégants ou frivoles dont le ruisseau de la rue du Bac était le miroir du temps du turban de madame de Staël. Elle paraît en outre avoir visité la plupart des grandes villes de l'Europe, et en a rapporté des préoccupations littéraires qui dépassent la mesure commune de l'érudition et de la curiosité parisiennes. Elle reçoit beaucoup de journaux et de revues, et s'applique à suivre de loin, autant que possible, le mouvement de cette civilisation raffinée dont les musées et les livres frais éclos sont les fleurs et les fruits plus ou moins éphémères. Pendant le déjeuner, d'espoir qu'elle avait de trouver son homme d'affaires très au courant de celles-là; mais précisément, et malheureusement, ce sont les seules que je con-

C'EST L'ENTRÉE DE L'ANCIEN CHATEAU.

on vint à parler d'un opéra nouveau, et madame Laroque adressa sur ce sujet à M. de Bévallan une question à laquelle il ne put répondre, quoiqu'il ait toujours, si on l'en croit, un pied et un œil sur le boulevard des Italiens. Madame Laroque se rabattit alors sur moi, tout en manifestant par son air de distraction le peu naisse. J'avais entendu en Italie l'opéra qu'on venait de jouer en France pour la première fois. La réserve même de mes réponses éveilla la curiosité de madame Laroque, qui se mit à me presser de questions, et qui daigna bientôt me communiquer elle-même ses impressions, ses souvenirs et ses enthousiasmes de voyage.

Bref, nous ne tardâmes pas à parcourir en camarades les théâtres et les galeries les plus célèbres du continent, et notre entretien, quand on quitta la table, était si animé, que mon interlocutrice, pour n'en point rompre le cours, prit mon bras sans y penser. Nous allâmes continuer dans le salon nos sympathiques effusions, madame Laroque oubliant de plus en plus le ton de protection bienveillante qui jusque-là m'avait passablement choqué dans son langage vis-à-vis de moi.

Elle m'avoua que le démon du théâtre la tourmentait à un haut degré, et qu'elle méditait de faire jouer la comédie au château. Elle me demanda des conseils sur l'organisation de ce divertissement. Je lui parlai alors avec quelques détails des scènes particulières que j'avais eu l'occasion de voir à Paris et à Saint-Pétersbourg; puis, ne voulant pas abuser de ma faveur, je me levai brusquement, en déclarant que je prétendais inaugurer sans retard mes fonctions par l'exploration d'une grosse ferme qui est située à deux petites lieues du château. Madame Laroque, à cette déclaration, parut subitement consternée : elle me regarda, s'agita dans ses coussinets, approcha ses mains de son *brasero*, et me dit enfin à demi-voix.

— Ah! qu'est-ce que cela fait? Laissez donc cela, allez.

Et, comme j'insistais :

— Mais, mon Dieu! reprit-elle avec un embarras plaisant, c'est qu'il y a des chemins affreux... Attendez au moins la belle saison.

— Non, madame, dis-je en riant, je n'attendrai pas une minute : on est intendant ou on ne l'est pas.

— Madame, dit le vieil Alain, qui se trouvait là, on pourrait atteler pour monsieur Odiot le berlingot du père Hivart : il n'est pas suspendu, mais il n'en est que plus solide.

Madame Laroque foudroya d'un coup d'œil le malheureux Alain, qui osait proposer à un intendant de mon espèce, qui avait été au spectacle chez la grande-duchesse Hélène, le berlingot du père Hivart.

— Est-ce que l'américaine ne passerait pas dans le chemin? demanda-t-elle.

— L'américaine, madame? Ma foi, non. Il n'y a pas de risque qu'elle y passe, dit Alain; ou si elle y passe, elle n'y passera pas tout entière... et encore je ne crois pas qu'elle y passe.

Je protestai que j'irais parfaitement à pied.

— Non, non, c'est impossible, je ne veux pas! Voyons, voyons donc... Nous avons bien ici une demi-douzaine de chevaux de selle qui ne font rien... mais probablement vous ne montez pas à cheval!

— Je vous demande pardon, madame; mais c'est véritablement inutile; je vais...

— Alain, faites seller un cheval pour monsieur... Lequel, dis, Marguerite?

— Donnez-lui Proserpine, murmura M. de Bévallan, en riant dans sa barbe.

— Non, non, pas Proserpine! s'écria vivement mademoiselle Marguerite.

— Pourquoi pas Proserpine, mademoiselle? dis-je alors.

— Parce qu'elle vous jetterait par terre, me répondit nettement la jeune fille.

— Oh! comment ça? véritablement?... Pardon, voulez-vous me permettre de vous demander, mademoiselle, si vous montez cette bête?

— Oui, monsieur, mais j'ai de la peine.

— Eh bien, peut-être en aurez-vous moins, mademoiselle, quand je l'aurai montée moi-même une fois ou deux. Cela me décide. Faites seller Proserpine, Alain!

Mademoiselle Marguerite fronça son noir sourcil, et s'assit en faisant un geste de la main, comme pour repousser toute part de responsabilité dans la catastrophe imminente qu'elle prévoyait.

— Si vous avez besoin d'éperons, j'en ai une paire à votre service, reprit alors M. de Bévallan, qui décidément prétendait que je n'en revinsse pas.

Sans paraître remarquer le regard de reproche que mademoiselle Marguerite adressait à l'obligeant gentilhomme, j'acceptai ses éperons. Cinq minutes après, un bruit de piétinements désordonnés annonçait l'approche de Proserpine, qu'on amenait avec assez de difficulté au bas d'un des escaliers du jardin réservé, et qui était par parenthèse un très beau demi-sang, noir comme le jais. Je descendis aussitôt le perron. Quelques bonnes gens, M. de Bévallan à leur tête, me suivirent sur la terrasse, par humanité, je crois, et l'on ouvrit en même temps les trois fenêtres du salon pour l'usage des femmes et des vieillards. Je me serais volontiers passé de tout cet appareil, mais enfin il fallait s'y résigner, et j'étais d'ailleurs sans grande inquiétude sur les suites de l'aventure, car si je suis un jeune intendant, je

PUIS ELLE SE MATA EN FAISANT L'AGRÉABLE ET EN BATTANT L'AIR DE SES PIEDS DE DEVANT.

suis un très vieil écuyer. Je marchais à peine que mon pauvre père m'avait déjà planté sur un cheval, au grand désespoir de ma mère, et, depuis, il n'avait négligé aucun soin pour me rendre son égal dans un art où il excellait. Il avait même poussé mon éducation sous ce rapport jusqu'au raffinement, me faisant revêtir parfois de vieilles et pesantes armures de famille, pour accomplir plus à l'aise mes exercices de haute voltige.

Cependant Proserpine me laissa débrouiller ses rênes et même toucher son encolure sans donner le moindre signe d'irritation; mais elle ne sentit pas plutôt mon pied peser sur l'étrier qu'elle se jeta brusquement de côté, en poussant trois ou quatre ruades superbes par-dessus les grands vases de marbre qui ornaient l'escalier; puis elle se mâta en faisant l'agréable et en battant l'air de ses pieds de devant, après quoi elle se reposa frémissante.

— Pas facile au montoir! me dit le valet d'écurie en clignant de l'œil.

— Je le vois bien, mon garçon, mais je vais bien l'étonner, va!

En même temps je me mis en selle sans toucher l'étrier, et, pendant que Proserpine réfléchissait à ce qui lui arrivait, je pris une solide assiette. L'instant d'après, nous disparaissions au petit galop de chasse dans l'avenue de châtaigniers, suivis par le bruit de quelques battements de mains, dont M. de Bévallan avait eu le bon esprit de donner le signal

Cet incident, tout insignifiant qu'il fût, ne laissa pas, comme je pus m'en apercevoir dès le même soir à la mine des gens, de relever singulièrement mon crédit dans l'opinion. Quelques autres talents de la même valeur, dont m'a pourvu mon éducation, ont achevé de m'assurer ici toute l'importance que j'y souhaite, celle qui doit garantir ma dignité personnelle. On voit assez, au reste, que je ne prétends nullement abuser des prévenances et des égards dont je puis être l'objet pour usurper dans le château un rôle peu conforme aux fonctions modestes que j'y remplis. Je me renferme dans ma tour aussi souvent que je le puis, sans manquer formellement aux convenances; je me tiens, en un mot, strictement à ma place, afin qu'on ne soit jamais tenté de m'y remettre.

LE BONHOMME DÉPOSA TRANQUILLEMENT SUR MON BUREAU TROIS ROULEAUX DE PIÈCES D'OR.

Quelques jours après mon arrivée, comme j'assistais à un de ces dîners de cérémonie qui, dans cette saison, sont ici presque quotidiens, mon nom fut prononcé sur un ton interrogatif par le gros sous-préfet de la petite ville voisine, qui était assis à la droite de la dame châtelaine. Madame Laroque, qui est assez sujette à ces sortes de distractions, oublia que je n'étais pas loin d'elle, et, bon gré, mal gré, je ne perdis pas un mot de sa réponse :

— Mon Dieu! ne m'en parlez pas! il y a là un mystère inconcevable... Nous pensons que c'est quelque prince déguisé... Il y en a tant qui courent le monde pour le quart d'heure!... Celui-ci a tous les talents imaginables : il monte à cheval, il joue du piano, il dessine, et tout cela dans la perfection... Entre nous, mon cher sous-préfet, je crois bien que c'est un très mauvais intendant, mais vraiment c'est un homme très agréable.

Le sous-préfet, — qui est aussi un homme très agréable, ou qui du moins croit l'être, ce qui revient au même pour sa satisfaction, — dit alors gracieusement, en caressant d'une main potelée ses splendides favoris, qu'il y avait assez de beaux yeux dans le château pour expliquer bien des mystères, qu'il soupçonnait fort l'intendant d'être un prétendant, que du reste l'Amour était le père légitime de la Folie et l'intendant naturel des Grâces... Puis, changeant de ton tout à coup :

— Au surplus, madame, ajouta-t-il, si vous avez la moindre inquiétude à l'égard de cet individu, je le ferai interroger dès demain par le brigadier de gendarmerie.

Madame Laroque se récria contre cet excès de zèle galant, et la conversation, en ce qui me concernait, n'alla pas plus loin; mais elle me laissa très piqué, non point contre le sous-préfet, qui au contraire me plaisait infiniment, mais contre madame Laroque, qui, tout en rendant à mes qualités privées une justice excessive, ne m'avait point paru suffisamment pénétrée de mon mérite officiel.

Le hasard voulut que j'eusse dès le lendemain à renouveler le bail d'un fermage considérable. Cette opération se négociait avec un vieux paysan fort madré, que je parvins néanmoins à éblouir par quelques termes de jurisprudence adroitement combinés avec les réserves d'une prudente diplomatie. Nos conventions arrêtées, le bonhomme déposa tranquillement sur mon bureau trois rouleaux de pièces d'or. Bien que la signification de ce versement, qui n'était point dû, m'échappât tout à fait, je me gardai de témoigner une surprise inconsidérée; mais, en développant les rouleaux, je m'assurai par quelques questions indirectes que cette somme constituait les arrhes du marché, en d'autres termes le pot-de-vin que les fermiers, à ce qu'il paraît, sont dans l'usage d'octroyer au propriétaire à chaque renouvellement de bail. Je n'avais nullement songé à réclamer ces arrhes, n'en ayant trouvé aucune mention dans les baux précédents rédigés par mon habile prédécesseur, et qui me servaient de modèles. Je ne tirai toutefois pour le moment aucune conclusion de cette circonstance; mais quand j'allai remettre à madame Laroque ce don de joyeux avènement, sa surprise m'étonna.

— Qu'est-ce que c'est que cela? me dit-elle.

Je lui expliquai la nature de cette gratification. Elle me fit répéter.

— Est-ce que c'est la coutume? reprit-elle.

— Oui, madame, toutes les fois que l'on consent un nouveau bail.

— Mais il y a eu depuis trente ans, à ma connaissance, plus de dix baux renouvelés... Comment se fait-il que nous n'ayons jamais entendu parler de chose pareille?

— Je ne saurais vous dire, madame.

Madame Laroque tomba dans un abîme de réflexions, au fond duquel elle rencontra peut-être l'ombre vénérable du père Hivart, après quoi elle haussa légèrement les épaules, porta ses regards sur moi, puis sur les pièces d'or, puis encore sur moi, et parut hésiter. Enfin, se renversant dans son fauteuil et soupirant profondément, elle me dit avec une simplicité dont je lui sus gré :

— C'est bien, monsieur, je vous remercie.

Ce trait de probité grossière, dont elle avait eu le bon goût de ne pas me faire compliment, n'en porta pas moins madame Laroque à concevoir une grande idée de la capacité et des vertus de son intendant. J'en pus juger quelques jours après. Sa fille lui lisait le récit d'un voyage au pôle où il était question d'un oiseau extraordinaire qui ne vole pas :

— Tiens, dit-elle, c'est comme mon intendant!

J'espère fermement m'être acquis depuis ce temps, par le soin sévère avec lequel je m'occupe de la tâche que j'ai acceptée, quelques titres à une considération d'un genre moins négatif. M. Laubépin, quand je suis allé à Paris récemment pour embrasser ma sœur, m'a remercié avec une vive sensibilité de l'honneur que je faisais aux engagements qu'il a pris pour moi.

— Courage, Maxime, m'a-t-il dit; nous doterons Hélène. La pauvre enfant ne se sera pour ainsi dire aperçue de rien. Et quant à vous, mon ami, n'ayez point de regrets. Croyez-moi, ce qui ressemble le plus au bonheur en ce monde, vous l'avez en vous, et grâce au ciel, je vois que vous l'aurez toujours : la paix de la conscience et la mâle sérénité d'une âme toute au devoir.

Ce vieillard a raison, sans doute. Je suis tranquille, et pourtant je ne me sens guère heureux. Il y a dans mon âme, qui n'est pas assez mûre encore pour les austères jouissances du sacrifice, des élans de jeunesse et de désespoir. Ma vie, vouée et dévouée sans réserve à une autre vie plus faible et plus chère, ne m'appartient plus; elle n'a pas d'avenir, elle est dans un cloître à jamais fermé. Mon cœur ne doit plus battre, ma tête ne doit plus songer que pour le compte d'un autre. Enfin, qu'Hélène soit heureuse! Les années s'approchent déjà pour moi : qu'elles viennent vite! Je les implore; leur glace aidera mon courage.

SA FILLE LUI LISAIT LE RÉCIT D'UN VOYAGE...

Je ne saurais me plaindre, au reste, d'une situation qui, en somme, a trompé mes plus pénibles appréhensions, et qui même dépasse mes meilleures espérances. Mon travail, mes fréquents voyages dans les départements voisins, mon goût pour la solitude, me tiennent souvent éloigné du château, dont je fuis surtout les réunions bruyantes. Peut-être dois-je en bonne partie à ma rareté l'accueil amical que j'y trouve. Madame Laroque en particulier me témoigne une véritable affection : elle me prend pour confident de ses bizarres et très sincères manies de pauvreté, de dévouement et d'abnégation poétique, qui forment avec ses précautions multipliées de créole frileuse un amusant contraste. Tantôt elle porte envie aux bohémiennes chargées d'enfants qui traînent sur les routes une misérable charrette, et qui font cuire leur dîner à l'abri des haies; tantôt ce sont les sœurs de charité et tantôt les cantinières dont elle ambitionne les héroïques labeurs. Enfin elle ne cesse de reprocher à feu M. Laroque le fils son admirable santé, qui n'a jamais permis à sa femme de déployer les qualités de garde-malade dont elle se sentait le cœur gonflé. Cependant elle a eu l'idée, ces jours-ci, de faire ajouter à son fauteuil une espèce de niche en forme de guérite pour s'abriter contre les vents coulis. Je la trouvai, l'autre matin, installée triomphalement dans ce kiosque, où elle attend assez doucement le martyre.

J'ai à peine moins à me louer des autres habitants du château. Mademoiselle Marguerite, toujours plongée comme un sphinx nubien dans quelque rêve inconnu, condescend pourtant avec une prévenante bonté à répéter pour moi mes airs de prédilection. Elle a une voix de contralto admirable, dont elle se sert avec un art consommé, mais en même temps avec une nonchalance et une froideur qu'on dirait véritablement calculées. Il lui arrive, en effet, par distraction, de laisser échapper de ses lèvres des accents passionnés; mais aussitôt elle paraît comme humiliée et honteuse de cet oubli de son caractère ou de son rôle, et elle s'empresse de rentrer dans les limites d'une correction glacée.

Quelques parties de piquet, que j'ai eu la politesse facile de perdre avec M. Laroque, m'ont concilié les bonnes grâces du pauvre vieillard, dont les regards affaiblis s'attachent quelquefois sur moi avec une attention vraiment singulière. On dirait alors que quelque songe du passé, quelque ressemblance imaginaire se réveille à demi dans les nuages de cette mémoire fatiguée, au sein de laquelle flottent les images confuses de tout un siècle. Mais ne voulait-on pas me rendre l'argent que j'avais perdu avec lui! Il paraît que madame Aubry, partenaire habituelle du vieux capitaine, ne se fait point scrupule d'accepter régulièrement ces restitutions, ce qui ne l'empêche pas de gagner assez fréquemment l'ancien corsaire, avec lequel elle a, dans ces circonstances, des abordages tumultueux.

Cette dame, que M. Laubépin traitait avec beaucoup de faveur quand il la qualifiait simplement d'esprit aigri, ne m'inspire aucune sympathie. Cependant par respect pour la maison, je me suis astreint à gagner sa bienveillance, et j'y suis parvenu en prêtant une oreille complaisante, tantôt à ses misérables lamentations sur sa condition présente, tantôt aux descriptions emphatiques de sa fortune passée, de son argenterie, de son mobilier, de ses dentelles et de ses paires de gants.

Il faut avouer que je suis à bonne école pour apprendre à dédaigner les biens que j'ai perdus. Tous ici en effet, par leur attitude et leur langage, me prêchent éloquemment le mépris des richesses : Madame Aubry d'abord, qu'on peut comparer à ces gourmands sans vergogne dont la révoltante convoitise vous ôte l'appétit, et qui vous donnent le profond dégoût des mets qu'ils vous vantent; ce vieillard, qui s'éteint sur ses millions aussi tristement que Job sur son fumier; cette femme excellente, mais romanesque et blasée, qui rêve, au milieu de son importune prospérité, le fruit défendu de la misère; enfin, la superbe Marguerite, qui porte comme une couronne d'épines le diadème de beauté et d'opulence dont le ciel a écrasé son front.

Étrange fille! — Presque chaque matin, quand le temps est beau, je la vois passer à cheval sous les fenêtres de mon beffroi; elle me salue d'un grave signe de tête qui fait onduler la plume noire de son feutre, puis s'éloigne lentement dans le sentier ombragé qui traverse les ruines du vieux château. Ordinairement le vieil Alain la suit à quelque distance; parfois elle n'a d'autre compagnon que l'énorme et fidèle Mervyn, qui allonge le pas aux côtés de sa belle maîtresse, comme un ours pensif. Elle s'en va en cet équipage courir dans tout le pays environnant des aventures

ELLE A UNE VOIX DE CONTRALTO ADMIRABLE.

de charité. Elle pourrait se passer de protecteur; il n'y a pas de chaumière à six lieues à la ronde qui ne la connaisse et qui ne la vénère comme la fée de la bienfaisance. Les paysans disent simplement, en parlant d'elle : « Mademoiselle! » comme s'ils parlaient d'une de ces filles de roi qui charment leurs légendes, et dont elle leur semble avoir la beauté, la puissance et le mystère.

Je cherche cependant à m'expliquer le nuage de sombre préoccupation qui couvre sans cesse son front, la sévérité hautaine et défiante de son regard, la sécheresse amère de son langage. Je me demande si ce sont là les traits naturels d'un caractère bizarre et mêlé, ou les symptômes de quelque secret tourment, remords, crainte ou amour, qui rongerait ce noble cœur. Si désintéressé que l'on soit dans la question, il est impossible qu'on se défende d'une certaine curiosité en face d'une personne aussi remarquable. Hier soir, pendant que le vieil Alain, dont je suis le favori, me servait mon repas solitaire :

— Eh bien, Alain, lui dis-je, voilà une belle journée. Vous êtes-vous promené aujourd'hui?

JE LA VOIS PASSER A CHEVAL.

— Oui, monsieur, ce matin, avec mademoiselle.

— Ah! vraiment?

— Monsieur nous a bien vus passer?

— Il est possible, Alain. Oui, je vous vois quelquefois passer... Vous avez bonne mine à cheval, Alain.

— Monsieur est trop obligeant. Mademoiselle a meilleure mine que moi.

— C'est une jeune fille très belle.

— Oh! parfaite, monsieur, et au dedans comme au dehors, ainsi que madame sa mère. Je dirai à monsieur une chose. Monsieur sait que cette propriété appartenait autrefois au dernier comte de Castennec, que j'avais l'honneur de servir. Quand la famille Laroque acheta le château, j'avouerai à monsieur que j'eus le cœur un peu gros, et que j'hésitai à rester dans la maison. J'avais été élevé dans le respect de la noblesse, et il m'en coûtait beaucoup de servir des gens sans naissance. Monsieur a pu remarquer que j'éprouvais un plaisir particulier à lui rendre mes devoirs : c'est que je trouve à monsieur un air de gentilhomme. Êtes-vous bien sûr de n'être pas noble, monsieur?

— Je le crains, mon pauvre Alain.

— Au reste, et c'est ce que je voulais dire à monsieur, reprit Alain en s'inclinant avec grâce, j'ai appris au service de ces dames que la noblesse des sentiments valait bien l'autre, et en particulier celle de monsieur le comte de Castennec, qui avait le faible de battre ses gens. Dommage pourtant, monsieur, disons-le, que mademoiselle ne puisse pas épouser un gentilhomme d'un beau nom. Il ne manquerait plus rien à ses perfections.

— Mais il me semble, Alain, qu'il ne tient qu'à elle.

— Si monsieur veut parler de monsieur de Bévallan, il ne tient qu'à elle en effet, car il l'a demandée il y a plus de six mois. Madame ne paraissait pas trop contraire au mariage, et de fait, monsieur de Bévallan est après les Laroque le plus riche du pays; mais mademoiselle, sans se prononcer positivement, a voulu prendre le temps de la réflexion.

gée. Autrefois c'était un oiseau pour la gaieté; maintenant on dirait qu'il y a quelque chose qui la chagrine: mais je ne

LE VIEIL ALAIN LA SUIT A QUELQUE DISTANCE.

— Mais si elle aime monsieur de Bévallan, et si elle peut l'épouser quand elle voudra, pourquoi est-elle toujours triste et distraite comme on la voit?

— C'est une vérité, monsieur, que depuis deux ou trois ans mademoiselle est chan-

crois pas, sauf respect, que ce soit son amour pour ce monsieur.

— Vous ne paraissez pas fort tendre vous-même pour monsieur de Bévallan, mon bon Alain. Il est d'excellente noblesse pourtant...

— Ça ne l'empêche pas d'être un mauvais gars, monsieur, qui passe son temps à débaucher les filles du pays. Et si monsieur a des yeux, il peut voir qu'il ne se gênerait pas pour faire le sultan dans le château, en attendant mieux.

Il y eut une pause silencieuse, après laquelle Alain reprit :

— Dommage que monsieur n'ait pas seulement une centaine de mille francs de rente.

— Et pourquoi cela, Alain?

— Parce que... dit Alain en hochant la tête d'un air songeur.

25 juillet.

Dans le courant du mois qui vient de s'écouler, j'ai gagné une amie et je me suis fait, je crois, deux ennemies. Les ennemies sont mademoiselle Marguerite et mademoiselle Hélouin. L'amie est une demoiselle de quatre-vingt-huit ans. J'ai peur qu'il n'y ait pas compensation.

Mademoiselle Hélouin, avec laquelle je veux d'abord régler mon compte, est une ingrate. Mes prétendus torts envers elle devraient plutôt me recommander à son estime; mais elle paraît être une de ces femmes assez répandues dans le monde, qui ne rangent point l'estime au nombre des sentiments qu'elles aiment à inspirer, ou qu'on leur inspire. Dès les premiers temps de mon séjour ici, une sorte de conformité entre la fortune de l'institutrice et celle de l'intendant, la modestie commune de notre état dans le château, m'avaient porté à nouer avec mademoiselle Hélouin les relations d'une bienveillance affectueuse. En tout temps, je me suis piqué de manifester à ces pauvres filles l'intérêt que leur tâche ingrate, leur situation précaire, humiliée et sans avenir, me paraissent appeler sur elles. Mademoiselle Hélouin est d'ailleurs jolie, intelligente, remplie de talents, et bien qu'elle gâte un peu cela par la vivacité d'allures, la coquetterie fiévreuse et la légère pédanterie qui sont les travers habituels de l'emploi, j'avais un très faible mérite, j'en conviens, à jouer près d'elle le rôle chevaleresque que je m'étais donné. Ce rôle prit à mes yeux le caractère d'une sorte de devoir, quand je pus reconnaître, ainsi que plusieurs avertissements me l'avaient fait pressentir, qu'un lion dévorant, sous les traits du roi François Ier, rôdait furtivement autour de ma jeune protégée. Cette duplicité, qui fait honneur à l'audace de M. de Bévallan, est conduite, sous couleur d'une aimable familiarité, avec une politique et un aplomb qui trompent aisément les regards inattentifs ou candides. Madame Laroque et sa fille en particulier sont trop étrangères aux perversités de ce monde et vivent trop loin de toute réalité pour éprouver l'ombre d'un soupçon. Quant à moi, fort irrité contre cet insatiable mangeur de cœurs, je me fis un plaisir de contrarier ses desseins : plus d'une fois je détournai l'attention qu'il essayait d'accaparer, je m'efforçai surtout de diminuer dans le cœur de mademoiselle Hélouin cet amer sentiment d'abandon et d'isolement qui donne en général tant de prise aux consolations qui lui étaient offertes. Ai-je jamais dépassé, dans le cours de cette lutte malavisée, la mesure délicate d'une protection fraternelle? Je ne le crois pas, et les termes mêmes du court dialogue qui a subitement modifié la nature de nos relations semblent parler en faveur de ma réserve. Un soir de la semaine dernière, on respirait le frais sur la terrasse : mademoiselle Hélouin, à qui j'avais eu précisément dans la journée l'occasion de montrer quelques égards particuliers, prit légèrement mon bras, et, tout en piquant de ses dents minces et blanches une fleur d'oranger :

— Vous êtes bon, monsieur Maxime, me dit-elle d'une voix un peu émue.

— J'essaye, mademoiselle.

— Vous êtes un véritable ami.

— Oui.

— Mais un ami... comment?

— Véritable, vous l'avez dit.

— Un ami... qui m'aime?

— Sans doute.

— Beaucoup?

— Assurément.

— Passionnément?...

— Non.

Sur ce monosyllabe, que j'articulai fort nettement et que j'appuyai d'un regard ferme, mademoiselle Hélouin jeta vivement loin d'elle la fleur d'oranger et quitta mon bras. Depuis cette heure néfaste, on me traite avec un dédain que je n'ai pas volé, et je croirais bien décidément que l'amitié d'un sexe à l'autre est un sentiment illusoire, si ma mésaventure n'eût eu le lendemain même une sorte de contrepartie.

VOUS ÊTES BON, MONSIEUR MAXIME.

J'étais allé passer la soirée au château : deux ou trois familles étrangères qui venaient d'y séjourner pendant une quinzaine l'avaient quitté dans la matinée. Je n'y trouvai que les habitués, le curé, le percepteur, le docteur Desmarest, — enfin le général de Saint-Cast et sa femme, qui habitent, ainsi que le docteur, la petite ville voisine. Madame de Saint-Cast, qui paraît avoir apporté à son mari une assez belle fortune, était engagée, quand j'entrai, dans une conversation animée avec madame Aubry. Ces deux dames, suivant leur usage, s'entendaient parfaitement : elles célébraient tour à tour, comme deux pasteurs d'églogue, les charmes incomparables de la richesse dans un langage où la distinction de la forme le disputait à l'élévation de la pensée :

— Vous avez bien raison, madame, disait madame Aubry; il n'y a qu'une chose au monde, c'est d'être riche. Quand je l'étais, je méprisais de tout mon cœur ceux qui ne l'étaient pas; aussi je trouve maintenant tout naturel qu'on me méprise et je ne m'en plains pas.

— On ne vous méprise pas pour cela, madame, reprenait madame de Saint-

Cast, bien certainement non, madame; mais il est certain que d'être riche ou d'être pauvre, cela fait une fière différence. Voilà le général qui en sait quelque chose, lui qui n'avait absolument rien, quand je l'ai épousé, — que son épée, — et ce n'est pas une épée qui met du beurre dans la soupe, n'est-ce pas, madame?

... DONNANT LE BRAS AU DOCTEUR.

— Non, non, oh! non, madame, s'écria madame Aubry en applaudissant à cette hardie métaphore. L'honneur et la gloire, c'est très beau dans les romans; mais j'aime mieux une bonne voiture, n'est-ce pas, madame?

— Oui, certainement, madame, et c'est ce que je disais ce matin même au général en venant ici, n'est-ce pas, général?

— Hon! grommela le général, qui jouait tristement dans un coin avec l'ancien corsaire.

— Vous n'aviez rien quand je vous ai épousé, général, reprit madame de Saint-Cast; vous ne songez pas à le nier, j'espère?

— Vous l'avez déjà dit! murmura le général.

— Ça n'empêche pas que sans moi vous iriez à pied, mon général, ce qui ne serait pas gai avec vos blessures... Ce n'est pas avec vos six ou sept mille francs de retraite que vous pourriez rouler carrosse, mon ami... Je lui disais cela ce matin, madame, à propos de notre nouvelle voiture, qui est douce comme il n'est pas possible d'être douce. Au surplus, j'y ai mis le prix : cela fait quatre bons mille francs de moins dans ma bourse, madame!

— Je le crois bien, madame! Ma voiture de gala m'en coûtait bien cinq mille, en comptant la peau de tigre pour les pieds, qui valait à elle seule cinq cents francs.

— Moi, reprit madame de Saint-Cast, j'ai été forcée d'y regarder un peu, car je viens de renouveler mon meuble de salon, et rien qu'en tapis et en tentures, j'en ai pour quinze mille francs. C'est trop beau pour un trou de province, vous me direz, et c'est bien vrai... Mais toute la ville est à genoux devant, et on aime à être respecté, n'est-ce pas, madame?

— Sans doute, madame, répliqua madame Aubry, on aime à être respecté, et on n'est respecté qu'en proportion de l'argent qu'on a. Pour moi, je me console de n'être plus respectée aujourd'hui, en pensant que, si j'étais encore ce que j'ai été, je verrais à mes pieds tous les gens qui me méprisent.

— Excepté moi, morbleu! s'écria le docteur Desmarets en se levant tout à coup. Vous auriez cent millions de rente que vous ne me verriez pas à vos pieds, je vous en donne ma parole d'honneur! Et là-dessus je vais prendre l'air... car, le diable m'emporte! on n'y tient plus.

En même temps le brave docteur sortit du salon, emportant toute ma gratitude, car il m'avait rendu un véritable service en soulageant mon cœur oppressé d'indignation et de dégoût.

Bien que M. Desmarets soit établi dans la maison sur le pied d'un Saint-Jean Bouche d'or, à qui l'on souffre la plus grande indépendance de langage, l'apostrophe avait été trop vive pour ne pas causer dans l'assistance un sentiment de malaise qui se traduisit par un silence embarrassé. Madame Laroque le rompit adroitement en demandant à sa fille si huit heures étaient sonnées.

— Non, ma mère, répondit mademoiselle Marguerite, car mademoiselle de Porhoët n'est pas encore arrivée.

La minute d'après, comme le timbre de la pendule se mettait en branle, la porte s'ouvrit, et mademoiselle Jocelynde de Porhoët-Gaël, donnant le bras au docteur Desmarets, entra dans le salon avec une précision astronomique.

Mademoiselle de Porhoët-Gaël, qui a vu cette année son quatre-vingt-huitième printemps, et qui a l'apparence d'un long roseau conservé dans de la soie, est le dernier rejeton d'une fort noble race dont on croit retrouver les premiers ancêtres parmi les rois fabuleux de la vieille Armorique. Toutefois cette maison ne prend sérieusement pied dans l'histoire qu'au XIIe siècle, en la personne de Juthaël, fils de Conan le Tort, issu de la branche cadette de Bretagne. Quelques gouttes du sang des Porhoët ont coulé dans les veines les plus illustres de France, dans celles des Rohan, des Lusignan, des Penthièvre, et ces grands seigneurs convenaient que ce n'était pas le moins pur de leur sang. Je me souviens qu'étudiant un jour, dans un accès de vanité juvénile, l'histoire des alliances de ma famille, j'y remarquai ce nom bizarre de Porhoët, et que mon père, très érudit en ces matières, me le vanta beaucoup. Mademoiselle de Porhoët, qui reste aujourd'hui seule de son nom, n'a jamais voulu se marier, afin de conserver

MADEMOISELLE DE PORHOËT-GAEL.

le plus longtemps possible, dans le firmament de la noblesse française, la constellation de ces syllabes magiques : Porhoët-Gaël.

Le hasard voulut un jour qu'on parlât

devant elle des origines de la maison de Bourbon.

— Les Bourbons, dit mademoiselle de Porhoët en plongeant à plusieurs reprises son aiguille à tricoter dans sa perruque blonde, les Bourbons sont de bonne noblesse; mais (prenant soudain un air modeste) il y a mieux!

Il est impossible au reste de ne point s'incliner devant cette vieille fille auguste, qui porte avec une dignité sans égale la triple et lourde majesté de la naissance, de l'âge et du malheur. Un procès déplorable, qu'elle s'obstine à soutenir hors de France depuis une quinzaine d'années, a progressivement réduit sa fortune déjà très mince; c'est à peine s'il lui reste aujourd'hui un millier de francs de revenu. Cette détresse n'a rien enlevé à sa fierté, rien ajouté à son humeur : elle est gaie, égale, courtoise : elle vit on ne sait comment, dans sa maisonnette avec une petite servante, et elle trouve encore moyen de faire beaucoup d'aumônes. Madame Laroque et sa fille se sont prises pour leur noble et pauvre voisine d'une passion qui les honore; elle est chez elles l'objet d'un respect attentif, et qui confond madame Aubry. J'ai vu souvent mademoiselle Marguerite quitter la danse la plus animée pour faire le quatrième au whist de mademoiselle de Porhoët : si le whist de mademoiselle de Porhoët (à cinq centimes la fiche) venait à manquer un seul jour, le monde finirait. Je suis moi-même un des partenaires préférés de la vieille demoiselle, et, le soir dont je parle, nous ne tardâmes pas, le curé, le docteur et moi, à nous trouver installés autour de la table de whist, en face et aux côtés de la descendante de Conan le Tort.

Il faut savoir qu'au commencement du dernier siècle un grand-oncle de mademoiselle de Porhoët, qui était attaché à la maison du duc d'Anjou, passa les Pyrénées à la suite du jeune prince devenu Philippe V, et fit en Espagne un établissement qui prospéra. Sa descendance directe parait s'être éteinte il y a une quinzaine d'années, et mademoiselle de Porhoët, qui n'avait jamais perdu de vue ses parents d'outre-monts, se porta aussitôt héritière de leur fortune, que l'on dit considérable : ses droits lui furent contestés, trop justement, par une des plus vieilles maisons de Castille, alliée à la branche espagnole des Porhoët. De là ce procès que la malheureuse octogénaire poursuit à grands frais, de juridiction en juridiction, avec une persistance qui touche à la manie, dont ses amis s'affligent et dont les indifférents s'amusent. Le docteur Desmarets, malgré le respect qu'il professe pour mademoiselle de Porhoët, ne laisse pas lui-même de prendre parti au nombre des rieurs, d'autant plus qu'il désapprouve formellement l'usage auquel la pauvre femme consacre en imagination son chimérique héritage, — à savoir l'érection, dans la ville voisine, d'une cathédrale du plus beau style flamboyant, qui propagerait jusqu'au fond des siècles futurs le nom de la fondatrice et d'une grande race disparue. Cette cathédrale, rêve enté sur un rêve, est le jouet innocent de cette vieille enfant. Elle en a fait exécuter les plans : elle passe ses jours et quelquefois ses nuits à en méditer les splendeurs, à en changer les dispositions, à y ajouter quelques ornements; elle en parle comme d'un monument déjà bâti et praticable. « J'étais dans la nef de ma cathédrale; j'ai remarqué cette nuit dans l'aile nord de ma cathédrale une chose bien choquante; j'ai modifié la livrée du suisse, *et cætera.* »

— Eh bien, mademoiselle, dit le docteur tandis qu'il battait les cartes, avez-vous travaillé à votre cathédrale depuis hier?

— Mais oui, docteur. Il m'est même venu une idée assez heureuse. J'ai remplacé le mur plein, qui séparait le chœur de la sacristie, par un feuillage en pierre ouvragée, à l'imitation de la chapelle de Clisson, dans l'église de Josselin. C'est beaucoup plus léger.

— Oui, certainement; mais quelles nouvelles d'Espagne, en attendant? Ah çà! est-il vrai, comme je pense l'avoir lu ce matin dans la *Revue des Deux Mondes,* que le jeune duc de Villa-Hermosa vous propose de terminer votre procès à l'amiable, par un mariage?

Mademoiselle de Porhoët secoua d'un geste dédaigneux le panache de rubans flétris qui flotte sur son bonnet :

— Je refuserais net, dit-elle.

— Oui, oui, vous dites cela, mademoiselle : mais que signifie donc ce bruit de guitare qu'on entend depuis quelques nuits sous vos fenêtres?

— Bah!

— Bah! Et cet Espagnol en manteau et en bottes jaunes qu'on voit rôder dans le pays, et qui soupire sans cesse?

— Vous êtes un folâtre, dit mademoiselle de Porhoët, qui ouvrit tranquillement sa tabatière. Au reste, puisque vous voulez le savoir, mon homme d'affaires m'a écrit de Madrid, il y deux jours, qu'avec un peu de patience, nous verrions sans aucun doute la fin de nos maux.

— Parbleu! je crois bien! Savez-vous d'où il sort, votre homme d'affaires? De la caverne de Gil Blas, directement. Il vous tirera votre dernier écu et se moquera de vous. Ah! que vous seriez avisée de planter là une bonne fois cette folie, et de vivre tranquille!... A quoi vous serviraient des millions, voyons? N'êtes-vous pas heureuse et considérée... et qu'est-ce que vous voulez de plus?... Quant à votre cathédrale, je n'en parle pas, parce que c'est une mauvaise plaisanterie.

— Ma cathédrale n'est une mauvaise plaisanterie qu'aux yeux des mauvais plaisants, docteur Desmarets; d'ailleurs, je défends mon droit, je combats pour la justice : ces biens sont à moi, je l'ai entendu dire cent fois à mon père, et jamais, de mon gré, ils n'iront à des gens qui sont aussi étrangers à ma famille en définitive que vous, mon cher ami, ou que monsieur, ajouta-t-elle en me désignant d'un signe de tête.

J'eus l'enfantillage de me trouver piqué de la politesse, et je ripostai aussitôt :

— En ce qui me concerne, mademoiselle, vous vous trompez, car ma famille a eu l'honneur d'être alliée à la vôtre, et réciproquement.

JE SUIS MOI-MÊME UN DES PARTENAIRES DE LA VIEILLE DEMOISELLE.

En entendant ces paroles énormes, mademoiselle de Porhoët rapprocha vivement de son menton pointu les cartes développées en éventail dans sa main, et, redressant sa taille élancée, elle me regarda en face pour s'assurer d'abord de l'état de ma raison, puis elle reprit son calme par un effort surhumain, et, approchant de son nez effilé une pincée de tabac d'Espagne :

— Vous me prouverez cela, jeune homme, m'a dit-elle.

Honteux de ma ridicule vanterie et très embarrassé des regards curieux qu'elle m'avait attirés, je m'inclinai gauchement sans répondre. Notre whist s'acheva dans un silence morne. Il était dix heures, et je me préparais à m'esquiver, quand mademoiselle de Porhoët me toucha le bras :

— Monsieur l'intendant, dit-elle, me fera-t-il l'honneur de m'accompagner jusqu'au bout de l'avenue?

Je la saluai encore, et je la suivis. Nous nous trouvâmes bientôt dans le parc. La petite servante, en costume du pays, marchait la première, portant une lanterne; puis venait mademoiselle de Porhoët, raide et silencieuse, relevant d'une main soigneuse et décente les maigres plis de son fourreau de soie : elle avait sèchement refusé l'offre de mon bras, et je m'avançais à ses côtés, la tête basse, très mal satisfait de mon personnage. Au bout de quelques minutes de cette marche funèbre :

— Eh bien, monsieur, me dit la vieille demoiselle, parlez donc, j'attends. Vous avez dit que ma famille avait été alliée à la vôtre, et comme une alliance de cette espèce est un point d'histoire entièrement nouveau pour moi, je vous serai très obligée de vouloir bien me l'éclaircir.

J'avais décidé à part moi que je devais à tout prix maintenir le secret de mon incognito.

— Mon Dieu! mademoiselle, dis-je, j'ose espérer que vous excuserez une plaisanterie échappée au courant de la conversation...

— Une plaisanterie! s'écria mademoiselle de Porhoët. La matière, en effet, prête beaucoup à la plaisanterie. Et comment appelez-vous, monsieur, dans ce siècle-ci, les plaisanteries qu'on adresse bravement à une vieille femme sans protection, et qu'on n'oserait se permettre en face d'un homme?

— Mademoiselle, vous ne me laissez aucune retraite possible; il ne me reste qu'à me fier à votre discrétion. Je ne sais, mademoiselle, si le nom des Champcey d'Hauterive vous est connu?

— Je connais parfaitement, monsieur, les Champcey d'Hauterive, qui sont une bonne, une excellente famille du Dauphiné. Quelle conclusion en tirez-vous?

— Je suis aujourd'hui le représentant de cette famille.

— Vous? dit mademoiselle de Porhoët en faisant une halte subite; vous êtes un Champcey d'Hauterive?

— Mâle, oui, mademoiselle.

— Ceci change la thèse, dit-elle; donnez-moi votre bras, mon cousin, et contez-moi votre histoire.

Je crus que dans l'état des choses le mieux était effectivement de ne lui rien cacher. Je terminais le pénible récit des infortunes de ma famille quand nous nous trouvâmes en face d'une maisonnette singulièrement étroite et basse, qui est flanquée à l'un des angles d'une espèce de colombier écrasé à toit pointu.

— Entrez, marquis, me dit la fille des rois de Gaël, arrêtée sur le seuil de son pauvre palais, entrez donc, je vous prie.

L'instant d'après, j'étais introduit dans un petit salon tristement pavé de briques; sur la tapisserie pâle qui couvrait les murs se pressaient une dizaine de portraits d'ancêtres blasonnés de l'hermine ducale; au-dessus de la cheminée, je vis étinceler une magnifique pendule d'écaille incrustée de cuivre et surmontée d'un groupe qui figurait le char du Soleil. Quelques fauteuils à dossier ovale et un vieux canapé à jambes grêles complétaient la décoration de cette pièce, où tout accusait une propreté rigide, et où l'on respirait une odeur concentrée d'iris, de tabac d'Espagne et de vagues aromates.

— Asseyez-vous, me dit la vieille demoiselle en prenant place elle-même sur le canapé; asseyez-vous, mon cousin, car, bien qu'en réalité nous ne soyons point parents et que nous ne puissions l'être, puisque Jeanne de Porhoët et Hugues de Champcey ont eu, soit dit entre nous, la sottise de ne point faire souche, il me sera agréable, avec votre permission, de vous traiter de cousin dans le tête-à-tête, afin de tromper un instant le sentiment douloureux de ma solitude en ce monde. Ainsi donc, mon cousin, voilà où vous en êtes : la passe est rude, assurément. Toutefois, je vous suggérerai quelques pensées qui me sont habituelles, et qui me paraissent de nature à vous offrir de sérieuses consolations. En premier lieu, mon cher marquis, je me dis besoin et dont il paraît si disposé à profiter. Puis elle reprit :

— Pour mon compte, monsieur, je suis faite à l'indigence, et j'en souffre peu; quand on a vu dans le cours d'une vie trop longue un père de son nom, quatre frères dignes de leur père, succomber avant l'âge sous le plomb ou sous l'acier, quand on a

UNE MAISONNETTE SINGULIÈREMENT ÉTROITE ET BASSE...

souvent qu'au milieu de tous ces pleutres et anciens domestiques qu'on voit aujourd'hui rouler carrosse, il y a dans la pauvreté un parfum supérieur de distinction et de bon goût. En outre, je ne suis pas loin de croire que Dieu a voulu réduire quelques-uns d'entre nous à une vie étroite, afin que ce siècle grossier, matériel, affamé d'or, ait toujours sous les yeux, dans nos personnes, un genre de mérite, de dignité, d'éclat, où l'or et la matière n'entrent pour rien, — que rien ne puisse acheter, — qui ne soit pas à vendre! Telle est, mon cousin, suivant toute apparence, la justification providentielle de votre fortune et de la mienne.

Je témoignai à mademoiselle de Porhoët combien je me sentais fier d'avoir été choisi avec elle pour donner au monde le noble enseignement dont il a si grand vu périr successivement tous les objets de son affection et de son culte, il faudrait avoir l'âme bien petite pour se préoccuper d'une table plus ou moins copieuse, d'une toilette plus ou moins fraîche. Certes, marquis, si mon aisance personnelle était seule en cause, vous pouvez croire que je ferais bon marché de mes millions d'Espagne; mais il me semble convenable et de bon exemple qu'une maison comme la mienne ne disparaisse point de la terre sans laisser après elle une trace durable, un monument éclatant de sa grandeur et de ses croyances. C'est pourquoi, à l'imitation de quelques-uns de nos ancêtres, j'ai songé, mon cousin, et je ne renoncerai jamais, tant que j'aurai vie, à la pieuse fondation dont vous n'êtes pas sans avoir entendu parler.

S'étant assurée de mon assentiment, la vieille et noble fille parut se recueillir, et, tandis qu'elle promenait un regard mélancolique sur les images à demi effacées de ses aïeux, la pendule héréditaire troubla seule dans l'obscur salon le silence de minuit.

— Il y aura, reprit tout à coup mademoiselle de Porhoët d'une voix solennelle, il y aura un chapitre de chanoines réguliers attaché au service de cette église. Chaque jour, à matines, il sera dit dans la chapelle particulière de ma famille une messe basse pour le repos de mon âme et des âmes de mes aïeux. Les pieds de l'officiant fouleront un marbre sans inscription qui formera la marche de l'autel, et qui recouvrira mes restes.

LA VIEILLE ET NOBLE FILLE PARUT SE RECUEILLIR.

Je m'inclinai avec l'émotion d'un visible respect. Mademoiselle de Porhoët prit ma main et la serra doucement.

— Je ne suis point folle, cousin, reprit-elle, quoi qu'on dise. Mon père, qui ne mentait point, m'a toujours assuré qu'à l'extinction des descendants directs de notre branche espagnole, nous aurions seuls droit à l'héritage. Sa mort soudaine et violente ne lui permit pas malheureusement de nous donner sur ce sujet des renseignements plus précis; mais, ne pouvant douter de sa parole, je ne doute pas de mon droit... Cependant, ajouta-t-elle après une pause et avec un accent de touchante tristesse, si je ne suis point folle, je suis vieille, et ces gens de là-bas le savent bien. Ils me traînent depuis quinze ans de délais en délais; ils attendent ma mort, qui finira tout... Et voyez-vous, ils n'attendront pas longtemps : il faudra faire un de ces matins, je le sens bien, mon dernier sacrifice... Cette pauvre cathédrale — mon seul amour — qui avait remplacé dans mon cœur tant d'affections brisées ou refoulées, — elle n'aura jamais qu'une pierre, celle de mon tombeau.

La vieille demoiselle se tut. Elle essuya de ses mains amaigries deux larmes qui coulaient sur son visage flétri, puis ajouta en s'efforçant de sourire :

— Pardon, mon cousin, vous avez assez de vos malheurs. — Excusez-moi... D'ailleurs il est tard; retirez-vous, vous me compromettez.

Avant de partir, je recommandai de nouveau à la discrétion de mademoiselle de Porhoët le secret que j'avais dû lui confier. Elle me répondit d'une manière un peu évasive que je pouvais être tranquille; qu'elle saurait ménager mon repos et ma dignité. Toutefois, les jours suivants, je soupçonnai, au redoublement d'égards dont m'honorait madame Laroque, que ma respectable amie lui avait transmis ma confidence. Mademoiselle de Porhoët n'hésita pas du reste à en convenir, m'assurant qu'elle n'avait pu faire moins pour l'honneur de sa famille, et que madame Laroque était d'ailleurs incapable de trahir, même vis-à-vis de sa fille, un secret confié à sa délicatesse.

Cependant ma conférence avec la vieille

demoiselle m'avait laissé pénétré d'un respect attendri dont j'essayai de lui donner des marques. Dès le lendemain, dans la soirée, j'appliquai à l'ornementation intérieure et extérieure de sa chère cathédrale toutes les ressources de mon crayon. Cette attention, à laquelle elle s'est montrée sensible, a pris peu à peu la régularité d'une habitude. Presque chaque soir, après le whist, je me mets au travail, et l'idéal monument s'enrichit d'une statue, d'une chaire ou d'un jubé. Mademoiselle Marguerite, qui semble porter à sa voisine une sorte de culte, a voulu s'associer à mon œuvre de charité en consacrant à la basilique des Porhoët un album spécial que je suis chargé de remplir.

J'offris en outre à ma vieille confidente de prendre ma part des démarches, des recherches et des soins de toute nature que peut susciter son procès. La pauvre femme m'avoua que je lui rendais service, qu'à la vérité elle pouvait encore tenir sa correspondance au courant, mais que ses yeux affaiblis refusaient de déchiffrer les documents manuscrits de son chartrier, et qu'elle n'avait voulu jusque-là se faire suppléer par personne dans ce travail, si important qu'il pût être pour sa cause, afin de ne pas donner une nouvelle prise à la raillerie incivile des gens du pays. Bref, elle m'agréa en qualité de conseil et de collaborateur. Depuis ce temps, j'ai étudié en conscience le volumineux dossier de son procès, et je suis demeuré convaincu que l'affaire, qui doit être jugée en dernier ressort un de ces jours, est absolument perdue d'avance. M. Laubépin, que j'ai consulté, partage cette opinion, que je m'efforcerai au surplus de cacher à ma vieille amie, tant que les circonstances le permettront. En attendant, je lui fais le plaisir de dépouiller pièce à pièce ses archives de famille, dans lesquelles elle espère toujours découvrir quelque titre décisif en sa faveur. Malheureusement ces archives sont fort riches, et le colombier en est rempli depuis le toit jusqu'à la cave.

Hier, je m'étais rendu de bonne heure chez mademoiselle de Porhoët, afin d'y achever avant l'heure du déjeuner le dépouillement de la liasse numéro 115, que j'avais commencé la veille. La maîtresse du logis n'étant pas encore levée, je m'installai sans bruit dans le salon, moyennant la complicité de la petite servante, et je me mis solitairement à ma poudreuse besogne. Au bout d'une heure environ, comme je parcourais avec une joie extrême le dernier feuillet de la liasse 115, je vis entrer mademoiselle de Porhoët traînant avec peine un énorme paquet fort proprement recouvert d'un linge blanc :

— Bonjour, me dit-elle, mon aimable cousin. Ayant appris que vous vous donniez ce matin de la peine pour moi, j'ai voulu m'en donner pour vous. Je vous apporte la liasse 116.

Il y a dans je ne sais quel conte une princesse malheureuse qu'on enferme dans une tour, et à qui une fée ennemie de sa famille impose coup sur coup une série de travaux extraordinaires et impossibles; j'avoue qu'en ce moment mademoiselle de Porhoët, malgré toutes ses vertus, me parut être proche parente de cette fée.

— J'ai rêvé cette nuit, continua-t-elle, que cette liasse contenait la clef de mon trésor espagnol. Vous m'obligerez donc beaucoup de n'en point différer l'examen. Ce travail terminé, vous me ferez l'honneur d'accepter un repas modeste que je prétends vous offrir sous l'ombrage de ma tonnelle.

Je me résignai donc. Il est inutile de dire que la bienheureuse liasse 116 ne contenait, comme les précédentes, que la vaine poussière des siècles. A midi précis, la vieille demoiselle vint me présenter son bras, et me conduisit en cérémonie dans un petit jardin festonné de buis, qui forme, avec un bout de prairie contiguë, tout le domaine actuel des Porhoët. La table était dressée sous une charmille arrondie en berceau, et le soleil d'une belle journée d'été jetait à travers les feuilles quelques rayons irisés sur la nappe éclatante et parfumée. J'achevais de faire honneur au poulet doré, à la fraîche salade et à la bouteille de vieux bordeaux qui composaient le menu du festin, quand mademoiselle de Porhoët, qui avait paru enchantée de mon appétit, fit tomber la conversation sur la famille Laroque.

— Je vous confesse, me dit-elle, que l'ancien corsaire ne me plaît point. Je me souviens qu'il avait, lorsqu'il arriva dans ce pays, un grand singe familier qu'il habillait en domestique, et avec lequel il semblait s'entendre parfaitement. Cet animal était une vraie peste dans le canton, et il n'y avait qu'un homme sans

BONJOUR, MONSIEUR, ME DIT-ELLE.

éducation et sans décence qui pût s'en être affublé. On disait que c'était un singe, et j'y consentais; mais au fond je pense que c'était tout bonnement un nègre, d'autant plus que j'ai toujours soupçonné son maître d'avoir fait le trafic de cette denrée sur la côte d'Afrique. Au surplus, feu monsieur Laroque le fils était un homme de bien et très comme il faut. Quant à ces dames, parlant bien entendu de madame Laroque et de sa fille, et nullement de la veuve Aubry, qui est une créature de bas aloi, quant à ces dames, dis-je, il n'y a pas d'éloges qu'elles ne méritent.

Nous en étions là quand le pas relevé d'un cheval se fit entendre dans le sentier qui borde extérieurement le mur du jardin. Au même instant on frappa quelques coups secs à une petite porte voisine de la tonnelle :

— Eh bien, dit mademoiselle de Porhoët, qui va là?

Je levai les yeux, et je vis flotter une plume noire au-dessus de la crête du mur.

— Ouvrez, dit gaiement en dehors une voix d'un timbre grave et musical; ouvrez, c'est la fortune de la France!

— Comment! c'est vous, ma mignonne! s'écria la vieille demoiselle. Courez vite, mon cousin.

La porte ouverte, je faillis être renversé par Mervyn, qui se précipita à travers mes jambes, et j'aperçus mademoiselle Marguerite, qui s'occupait d'attacher les rênes de son cheval aux barres d'une clôture.

— Bonjour, monsieur, me dit-elle, sans montrer la moindre surprise de me trouver là.

Puis, relevant sur son bras les longs plis de sa jupe traînante, elle entra dans le jardin.

— Soyez la bienvenue en ce beau jour, la belle fille, dit mademoiselle de Porhoët, et embrassez-moi. Vous avez couru, jeune folle, car vous avez le visage couvert d'une pourpre vive, et le feu vous sort littéralement des yeux. Que pourrais-je vous offrir, ma merveille?

— Voyons! dit mademoiselle Marguerite en jetant un regard sur la table; qu'est-ce que vous avez là?... Monsieur a donc tout mangé? Au reste je n'ai pas faim, j'ai soif.

— Je vous défends bien de boire dans l'état où vous êtes; mais attendez... il y a encore quelques fraises dans cette plate-bande...

— Des fraises! *O gioia!* chanta la jeune fille... Prenez vite une de ces grandes feuilles, monsieur, et venez avec moi.

Pendant que je choisissais la plus large feuille d'un figuier, mademoiselle de Porhoët, fermant un œil à demi et suivant de l'autre avec un sourire de complaisance la fière démarche de sa favorite à travers les allées pleines de soleil :

— Regardez-la donc, cousin, me dit-elle tout bas, ne serait-elle pas digne d'être des nôtres?

Cependant mademoiselle Marguerite, penchée sur la plate-bande et trébuchant à chaque pas dans sa traîne, saluait d'un petit cri d'allégresse chaque fraise qu'elle parvenait à découvrir. Je me tenais près d'elle, étalant dans ma main la feuille du figuier sur laquelle elle déposait de temps en temps une fraise contre deux qu'elle croquait pour se donner patience. Quand la moisson fut suffisante à son gré, nous revînmes en triomphe sous la tonnelle; ce qui restait de fraises fut saupoudré de sucre, puis mangé à belles et très belles dents.

— Ah! que ça m'a fait de bien! dit alors mademoiselle Marguerite en jetant son chapeau sur un banc et se renversant contre la clôture de charmille. Et maintenant, pour compléter mon bonheur, ma chère demoiselle, vous allez me conter des histoires du temps passé, du temps où vous étiez une belle guerrière.

Mademoiselle de Porhoët, souriante et ravie, ne se fit pas prier davantage pour tirer de sa mémoire les épisodes les plus marquants de ses intrépides chevauchées à la suite des Lescure et des La Rochejaquelein. J'eus en cette occasion une nouvelle preuve de l'élévation d'âme de ma vieille amie, quand je l'entendis rendre hommage en passant à tous les héros de ces guerres gigantesques, sans acception de drapeau. Elle parlait en particulier du général Hoche, dont elle avait été la captive de guerre, avec une admiration presque tendre. Mademoiselle Marguerite prêtait à ces récits une attention passionnée qui m'étonna. Tantôt, à demi ensevelie dans sa niche de charmille et ses longs cils un peu baissés, elle gardait l'immobilité d'une statue; tantôt, l'intérêt devenant plus vif, elle s'accoudait sur la petite table, et, plongeant sa belle main dans les flots de sa chevelure dénouée, elle dardait sur la vieille Vendéenne l'éclair continu de ses grands yeux.

Il faut bien le dire, je compterai toujours parmi les plus douces heures de ma triste vie celles que je passai à contempler sur ce noble visage les reflets d'un ciel radieux mêlés aux impressions d'un cœur vaillant.

Les souvenirs de la conteuse épuisés, mademoiselle Marguerite l'embrassa, et, réveillant Mervyn, qui dormait à ses pieds, elle annonça qu'elle retournait au château. Je ne me fis aucun scrupule de partir en même temps, convaincu que je ne pouvais lui causer aucun embarras. A part en effet l'extrême insignifiance de ma personne et de ma compagnie aux yeux de la riche héritière, le tête-à-tête en général n'a rien de gênant pour elle, sa mère lui ayant donné résolument l'éducation libérale qu'elle a reçue elle-même dans une des colonies britanniques : on sait que la méthode anglaise accorde aux femmes avant le mariage toute l'indépendance dont nous les gratifions sagement le jour où les abus en deviennent irréparables.

... TRÉBUCHANT A CHAQUE PAS DANS SA TRAINE.

Nous sortîmes donc ensemble du jardin; je lui tins l'étrier pendant qu'elle montait à cheval, et nous nous mîmes en marche vers le château. Au bout de quelques pas :

— Mon Dieu! monsieur, me dit-elle, je suis venue là vous déranger fort mal à propos, il me semble. Vous étiez en bonne fortune.

— C'est vrai, mademoiselle; mais, comme j'y étais depuis longtemps, je vous pardonne, et même je vous remercie.

— Vous avez beaucoup d'attentions pour notre pauvre voisine. Ma mère vous en est très reconnaissante.

— Et la fille de madame votre mère? dis-je en riant.

— Oh! moi, je m'exalte moins facilement. Si vous avez la prétention que je vous admire, il faut avoir la bonté d'attendre encore un peu de temps. Je n'ai point l'habitude de juger légèrement des actions humaines, qui ont généralement deux faces. J'avoue que votre conduite à l'égard de mademoiselle de Porhoët a belle apparence; mais... — Elle fit une pause, hocha la tête, et reprit d'un ton sérieux, amer et véritablement outrageant : — Mais je ne suis pas bien sûre que vous ne lui fassiez pas la cour dans l'espoir d'hériter d'elle.

Je sentis que je pâlissais. Toutefois, réfléchissant au ridicule de répondre en capitan à cette jeune fille, je me contins, et je lui dis avec gravité :

— Permettez-moi, mademoiselle, de vous plaindre sincèrement.

Elle parut très surprise.

— De me plaindre, monsieur?

— Oui, mademoiselle, souffrez que je vous exprime la pitié respectueuse à laquelle vous me paraissez avoir droit.

— La pitié! dit-elle en arrêtant son cheval et en tournant lentement vers moi ses yeux à demi clos par le dédain. Je n'ai pas l'avantage de vous comprendre!

— Cela est cependant fort simple, mademoiselle; si la désillusion du bien, le doute et la sécheresse d'âme sont les fruits les plus amers de l'expérience d'une longue vie, rien au monde ne mérite plus de compassion qu'un cœur flétri par la défiance avant d'avoir vécu.

— Monsieur, répliqua mademoiselle Laroque avec une vivacité très étrangère à son langage habituel, vous ne savez de quoi vous parlez! Et, ajouta-t-elle plus sévèrement, vous oubliez à qui vous parlez!

— Cela est vrai, mademoiselle, répondis-je doucement en m'inclinant; je parle un peu sans savoir, et j'oublie un peu à qui je parle; mais vous m'en avez donné l'exemple.

Mademoiselle Marguerite, les yeux fixés sur la cime des arbres qui bordaient le chemin, me dit alors avec une hauteur ironique :

— Faut-il vous demander pardon?

— Assurément, mademoiselle, repris-je avec force; si l'un de nous deux avait ici un pardon à demander, ce serait vous : vous êtes riche et je suis pauvre : vous pouvez vous humilier... je ne le puis pas!

Il y eut un silence. Ses lèvres serrées, ses narines ouvertes, la pâleur soudaine de son front, témoignaient du combat qui se livrait en elle. Tout à coup, abaissant sa cravache comme pour un salut.

— Eh bien! dit-elle, pardon!

En même temps elle fouetta violemment son cheval, et partit au galop, me laissant au milieu du chemin.

Je ne l'ai pas revue depuis.

30 juillet.

Le calcul des probabilités n'est jamais plus vain que lorsqu'il s'exerce au sujet des pensées et des sentiments d'une femme. Ne me souciant pas de me trouver de sitôt en présence de mademoiselle Marguerite après la scène pénible qui avait eu lieu entre nous, j'avais passé deux jours sans me montrer au château : j'espérais à peine que ce court intervalle eût suffi pour calmer les ressentiments que j'avais soulevés dans ce cœur hautain. Cependant, avant-hier matin, vers sept heures, comme je travaillais près de ma tourelle, je m'entendis appeler tout à coup sur le ton d'un enjouement amical par la personne même dont je croyais m'être fait une ennemie.

— Monsieur Odiot, êtes-vous là?

Je me présentai à ma fenêtre, et j'aperçus dans une barque, qui stationnait près du pont, mademoiselle Marguerite, retroussant d'une main le bord de son chapeau de paille brune et levant les yeux vers ma tour obscure.

— Me voici, mademoiselle, dis-je avec empressement.

— Venez-vous vous promener?

Après les justes alarmes dont j'avais été tourmenté pendant deux jours, tant de condescendance me fit craindre, suivant la formule, d'être le jouet d'un rêve insensé.

— Pardon, mademoiselle... comment dites-vous?

— Venez-vous faire une petite promenade avec Alain, Mervyn et moi?

— Certainement, mademoiselle.

— Eh bien, prenez votre album.

Je me hâtai de descendre, et j'accourus sur le bord de la rivière

— Ha! ha! me dit la jeune fille en riant, vous êtes de bonne humeur ce matin, à ce qu'il paraît?

Je murmurai gauchement quelques paroles confuses, dont le but était de faire entendre que j'étais toujours de bonne humeur, ce dont mademoiselle Marguerite parut mal convaincue; puis je sautai dans le canot, et je m'assis à côté d'elle.

— Nagez, Alain, dit-elle aussitôt, — et le vieil Alain, qui se pique d'être un maître canotier, se mit à battre méthodiquement des rames, ce qui lui donnait la mine d'un oiseau pesant qui fait de vains efforts pour s'envoler. — Il faut bien, reprit alors mademoiselle Marguerite, que je vienne vous arracher de votre donjon, puisque vous boudez obstinément depuis deux jours.

— Mademoiselle, je vous assure que la discrétion seule... le respect... la crainte...

— Oh mon Dieu! le respect... la crainte... Vous boudiez, voilà. Nous valons mieux que vous, positivement. Ma mère qui prétend, je ne sais trop pourquoi, que nous devons vous traiter avec une considération très distinguée, m'a priée de m'immoler sur l'autel de votre orgueil, et en fille obéissante je m'immole.

Je lui exprimai vivement et bonnement ma franche reconnaissance.

— Pour ne pas faire les choses à demi, reprit-elle, j'ai résolu de vous donner une fête à votre goût : ainsi voilà une belle matinée d'été, des bois et des clairières avec tous les effets de lumière désirables, des oiseaux qui chantent sous la feuillée, une barque mystérieuse qui glisse sur l'onde... Vous qui aimez ces sortes d'histoires, vous devez être content?

— Je suis ravi, mademoiselle.

— Ah! ce n'est pas malheureux.

Je me trouvais en effet pour le moment assez satisfait de mon sort. Les deux rives entre lesquelles nous glissions étaient jonchées de foin nouvellement coupé qui parfumait l'air. Je voyais fuir autour de nous les sombres avenues du parc que le soleil du matin parsemait de traînées éclatantes; des millions d'insectes s'enivraient de rosée dans le calice des fleurs en bourdonnant joyeusement. Vis-à-vis de moi, le bon Alain me souriait à chaque coup de rame d'un air de complaisance et de protection; plus près, mademoiselle Marguerite, vêtue de blanc contre sa coutume, belle, fraîche et pure comme une pervenche, secouait d'une main les perles humides que l'heure matinale suspendait à la dentelle de son chapeau, et présentait l'autre comme un appât au fidèle Mervyn, qui nous suivait à la nage. Véritablement il n'aurait pas fallu me prier bien fort pour me faire aller au bout du monde dans cette petite barque blanche.

Comme nous sortions des limites du parc, en passant sous une des arches qui percent le mur d'enceinte :

— Vous ne me demandez pas où je vous mène, monsieur? me dit la jeune créole.

— Non, non, mademoiselle, cela m'est parfaitement égal.

— Je vous mène dans le pays des fées.

— Je m'en doutais.

— Mademoiselle Hélouin, plus compétente que moi en matière poétique, a dû vous dire que les bouquets de bois qui couvrent ce pays à vingt lieues à la ronde sont les restes de la vieille forêt de Brocéliande, où chassaient les ancêtres de votre amie mademoiselle de Porhoët, les souverains de Gaël, et où le grand-père de Mervyn, que voici, fut enchanté, tout enchanteur qu'il était, par une demoiselle du nom de Viviane. Or nous serons bientôt en plein centre de cette forêt. Et si ce n'est pas assez pour vous monter l'imagination, sachez que ces bois gardent encore mille traces de la mystérieuse religion des Celtes; ils en sont pavés. Vous avez donc le droit de vous figurer sous chacun de ces ombrages un druide en robe blanche, et de voir reluire une faucille d'or dans chaque rayon de soleil. Le culte de ces vieillards insupportables a même laissé près d'ici, dans un site solitaire, romantique, *et cætera*, un monument devant lequel les personnes disposées à l'extase ont coutume de se pâmer : j'ai pensé que vous auriez du plaisir à le dessiner, et comme le lieu n'est pas facile à découvrir, j'ai résolu de vous servir de guide, ne vous demandant en retour que de m'épargner les explosions d'un enthousiasme auquel je ne saurais m'associer.

— Soit, mademoiselle, je me contiendrai.

— Je vous en prie!

C'est entendu. Et comment appelez-vous ce monument?

— Moi, je l'appelle un tas de grosses pierres; les antiquaires l'appellent, les uns simplement un *dolmen*, les autres, plus prétentieux, un *cromlech*: les gens du pays le nomment, sans expliquer pourquoi, la *migourdit*[1].

LE DOLMEN.

Cependant nous descendions doucement le cours de l'eau, entre deux bandes de prairies humides; des bœufs de petite taille, à la robe noire pour la plupart, aux longues cornes acérées, se levaient çà et là au bruit des rames, et nous regardaient passer d'un œil farouche. Le vallon, où serpentait la rivière qui allait s'élargissant, était fermé des deux côtés par une chaîne de collines, les unes couvertes de bruyères et d'ajoncs desséchés, les autres de taillis verdoyants. De temps à autre un ravin transversal ouvrait entre deux coteaux une perspective sinueuse, au fond de laquelle on voyait s'arrondir le sommet bleu d'une montagne éloignée. Mademoiselle Marguerite, malgré son incompétence, ne laissait pas de signaler successivement à mon attention tous les charmes de ce paysage sévère et doux, ne manquant pas toutefois d'accompagner chacune de ses remarques d'une réserve ironique.

Depuis un moment, un bruit sourd et continu semblait annoncer le voisinage d'une chute d'eau, quand la vallée se resserra tout à coup et prit l'aspect d'une gorge retirée et sauvage. À gauche se dressait une haute muraille de roches plaquées de mousse; des chênes et des sapins, entremêlés de lierres et de broussailles pendantes, s'étageaient dans les crevasses jusqu'au faîte de la falaise,

1 Dans le bois de Cadoudal (Morbihan).

jetant une ombre mystérieuse sur l'eau plus profonde qui baignait le pied des rochers. Devant nous, à quelques centaines de pas, l'onde bouillonnait, écumait, puis disparaissait soudain, la ligne brisée de la rivière se dessinant à travers une fumée blanchâtre sur un fond lointain de confuse verdure. A notre droite, la rive opposée à la falaise ne présentait plus qu'une faible marge de prairie en pente, sur laquelle les collines chargées de bois marquaient une frange de velours sombre.

— Accoste! dit la jeune créole.

Pendant qu'Alain amarrait la barque aux branches d'un saule :

— Eh bien, monsieur, reprit-elle en sautant légèrement sur l'herbe, vous ne vous trouvez pas mal? vous n'êtes pas renversé, pétrifié, foudroyé? On dit pourtant que c'est très joli, cet endroit-ci. Moi, je l'aime parce qu'il y fait toujours frais... Mais suivez-moi dans ces bois, — si vous l'osez, — et je vais vous montrer ces fameuses pierres.

Mademoiselle Marguerite, vive, alerte et gaie comme je ne l'avais jamais vue, franchit la prairie en deux bonds, et prit un sentier qui s'enfonçait dans la futaie en gravissant les coteaux. Alain et moi nous la suivîmes à la file indienne. Après quelques minutes d'une marche rapide, notre conductrice s'arrêta, parut se consulter un moment et s'orienter, puis séparant délibérément deux branches entrelacées, elle quitta le chemin tracé et se lança en plein taillis. Le voyage devint alors moins agréable. Il était très difficile de se frayer passage à travers les jeunes chênes déjà vigoureux dont se composait ce taillis, et qui entre-croisaient, comme les palissades de Robinson, leurs troncs obliques et leurs rameaux touffus. Alain et moi du moins, nous avancions à grand'peine, courbés en deux, nous heurtant la tête à chaque pas, et faisant tomber sur nous, à chacun de nos lourds mouvements, une pluie de rosée; mais mademoiselle Marguerite, avec l'adresse supérieure et la souplesse féline de son sexe, se glissait sans aucun effort apparent à travers les interstices de ce labyrinthe, riant de nos souffrances, et laissant négligemment se détendre derrière elle les branches flexibles qui venaient nous fouetter les yeux.

Nous arrivâmes enfin dans une clairière très étroite qui parait couronner le sommet de cette colline : là j'aperçus, non sans émotion, la sombre et monstrueuse table de pierre, soutenue par cinq ou six blocs énormes qui sont à demi engagés dans le sol, et y forment une caverne vraiment pleine d'une horreur sacrée. Au premier aspect, il y a dans cet intact monument des temps presque fabuleux et des religions primitives, une puissance de vérité, une sorte de présence réelle qui saisit l'âme et donne le frisson. Quelques rayons de soleil, pénétrant la feuillée, filtraient à travers les assises disjointes, jouaient sur la dalle sinistre et prêtaient une grâce d'idylle à cet autel barbare. Mademoiselle Marguerite elle-même parut pensive et recueillie. Pour moi, après avoir pénétré dans la caverne et examiné le *dolmen* sous toutes ses faces, je me mis en devoir de le dessiner.

Il y avait dix minutes environ que je m'absorbais dans ce travail, sans me préoccuper de ce qui pouvait se passer autour de moi, quand mademoiselle Marguerite me dit tout à coup :

— Voulez-vous une Velléda pour animer le tableau?

Je levai les yeux. Elle avait enroulé autour de son front un épais feuillage de chêne, et se tenait debout à la tête du *dolmen*, légèrement appuyée contre un faisceau de jeunes arbres : sous le demi-jour de la ramée, sa robe blanche prenait l'éclat du marbre, et ses prunelles étincelaient d'un feu étrange dans l'ombre projetée par le relief de sa couronne. Elle était belle, et je crois qu'elle le savait. Je la regardais sans trouver rien à lui dire, quand elle reprit :

— Si je vous gêne, je vais m'ôter.

— Non, je vous en prie.

— Eh bien, dépêchez-vous : mettez aussi Mervyn il sera le druide, et moi la druidesse.

J'eus le bonheur de reproduire assez fidèlement, grâce au vague d'une ébauche, la poétique vision dont j'étais favorisé. Elle vint avec une apparence d'empressement examiner mon dessin.

— Ce n'est pas mal, dit-elle.

Puis elle jeta sa couronne en riant, et ajouta :

— Convenez que je suis bonne.

J'en convins : j'aurais même avoué en outre, si elle l'eût désiré, qu'elle ne manquait pas d'un grain de coquetterie; mais elle ne serait pas femme sans cela, et la perfection est haïssable : il fallait aux déesses elles-mêmes, pour être aimées, quelque chose de plus que leur immortelle beauté.

Nous regagnâmes, à travers l'inextricable taillis, le sentier tracé dans le bois, et nous redescendîmes vers la rivière.

— Avant de repartir, me dit la jeune fille, je veux vous montrer la cataracte, d'autant plus que je compte me donner à mon tour un petit divertissement. Venez, Mervyn! Venez, mon bon chien! Que tu es beau, va!

Nous nous trouvâmes bientôt sur la berge en face des récifs qui barraient le lit de la rivière. L'eau se précipitait d'une hauteur de quelques pieds au fond d'un large bassin profondément encaissé et de forme circulaire, que paraissait borner de toutes parts un amphithéâtre de verdure parsemé de roches humides. Cependant quelques ravines invisibles recevaient le trop plein du petit lac, et ces ruisseaux allaient se réunir de nouveau un peu plus loin dans un lit commun.

— Ce n'est pas précisément le Niagara, me dit mademoiselle Marguerite en élevant un peu la voix pour dominer le bruit de la chute; mais j'ai entendu dire à des connaisseurs, à des artistes, que c'était néanmoins assez gen-

SA ROBE BLANCHE PRENAIT L'ÉCLAT DU MARBRE.

til. Avez-vous admiré? Bien! Maintenant j'espère que vous accorderez à Mervyn ce qui peut vous rester d'enthousiasme. Ici, Mervyn!

L'EAU SE PRÉCIPITAIT D'UNE HAUTEUR DE QUELQUES PIEDS.

Le terre-neuve vint se poster à côté de sa maîtresse, et la regarda en tressaillant d'impatience. La jeune fille alors, ayant lesté son mouchoir de quelques cailloux, le lança dans le courant un peu au-dessus de la chute. Au même moment, Mervyn tombait comme un bloc dans le bassin inférieur, et s'éloignait rapidement du bord; le mouchoir cependant suivit le cours de l'eau, arriva aux récifs, dansa un instant dans un remous, puis, passant tout à coup comme une flèche par-dessus la roche arrondie, il vint tourbillonner dans un flot d'écume sous les yeux du chien, qui le saisit d'une dent prompte et sûre. Après quoi Mervyn regagna fièrement la rive, où mademoiselle Marguerite battait des mains.

Cet exercice charmant fut renouvelé plusieurs fois avec le même succès. On en était à la sixième reprise, quand il arriva, soit que le chien fût parti trop tard, soit que le mouchoir eût été lancé trop tôt, que le pauvre Mervyn manqua la passe. Le mouchoir, entraîné par le remous des cascades, fut porté dans des broussailles épineuses qui se montraient un peu plus loin au-dessus de l'eau. Mervyn alla l'y chercher; mais nous fûmes très surpris de le voir tout à coup se débattre convulsivement, lâcher sa proie, et lever la tête vers nous en poussant des cris lamentables.

— Eh! mon Dieu, qu'est-ce qu'il a donc? s'écria mademoiselle Marguerite.

— Mais on croirait qu'il s'est empêtré

LE TERRE-NEUVE...

dans ces broussailles. Au reste, il va se dégager, n'en doutez pas.

Bientôt cependant il fallut en douter, et même en désespérer. Le lacis de lianes dans lequel le malheureux terre-neuve se trouvait pris comme au piège émergeait directement au-dessous d'un évasement du barrage qui versait sans relâche sur la tête de Mervyn une masse d'eau bouillonnante. La pauvre bête, à demi suffoquée, cessa de faire le moindre effort pour rompre ses liens, et ses aboiements plaintifs prirent l'accent étranglé du râle. En ce moment, mademoiselle Marguerite saisit mon bras, et dit presque à mon oreille d'une voix basse :

— Il est perdu... Venez, monsieur... Allons-nous-en.

Je la regardai. La douleur, l'angoisse, la contrainte, bouleversaient ses traits pâles et creusaient au-dessous de ses yeux un cercle livide.

— Il n'y a aucun moyen, lui dis-je, de faire descendre ici la barque; mais, si vous voulez me permettre, je sais un peu nager, et je m'en vais aller tendre la patte à ce monsieur.

— Non, non, n'essayez pas. . Il y a très loin jusque-là... Et puis j'ai toujours entendu dire que la rivière était profonde et dangereuse sous la chute.

— Soyez tranquille, mademoiselle; je suis très prudent.

En même temps, je jetai ma jaquette sur l'herbe et j'entrai dans le petit lac, en prenant la précaution de me tenir à une certaine distance de la chute. L'eau était très profonde, en effet, car je ne trouvai pied qu'au moment où j'approchai de l'agonisant Mervyn. Je ne sais s'il y a eu là autrefois quelque îlot qui se sera écroulé et affaissé peu à peu, ou si quelque crue de la rivière aura entraîné et déposé dans cette passe des fragments arrachés de la berge; ce qu'il y a de certain, c'est qu'un épais enchevêtrement de broussailles et de racines se cache sous ces eaux perfides, et y prospère. Je posai les pieds sur une des souches d'où paraissent surgir les buissons, et je parvins à délivrer Mervyn, qui, aussitôt maître de ses mouvements, retrouva tous ses moyens, et s'en servit sans retard pour nager vers la rive, m'abandonnant de tout son cœur. Ce trait n'était point très conforme à la réputation chevaleresque qu'on a faite à son espèce; mais le bon Mervyn a beaucoup vécu parmi les hommes, et je suppose qu'il y est devenu un peu philosophe. Quand je voulus prendre mon élan pour le suivre, je reconnus avec ennui que j'étais arrêté à mon tour dans les filets de la naïade jalouse et malfaisante qui règne apparemment en ces parages. Une de mes jambes était enlacée dans des nœuds de liane que j'essayai vainement de rompre On n'est point à l'aise dans une eau profonde et sur un fond visqueux, pour déployer toute sa force: j'étais d'ailleurs à demi aveuglé par le rejaillissement continuel de l'onde écumante. Bref, je sentais que ma situation devenait équivoque. Je jetai les yeux sur la rive : mademoiselle Marguerite, suspendue au bras d'Alain, était penchée sur le gouffre et attachait sur moi un regard d'anxiété mortelle. Je me dis qu'il ne tenait peut-être qu'à moi en ce moment d'être pleuré par ces beaux yeux, et de donner à une existence misérable une fin digne d'envie. Puis je secouai ces molles pensées : un violent effort me dégagea, je nouai autour de mon cou le petit mouchoir qui était en lambeaux, et je regagnai paisiblement le rivage.

Comme j'abordais, mademoiselle Marguerite me tendit sa main, qui tremblait un peu. Cela me sembla doux.

— Quelle folie! Vous pouviez mourir là! et pour un chien!

— C'était le vôtre, lui répondis-je à demi-voix, comme elle m'avait parlé.

Ce mot parut la contrarier; elle retira brusquement sa main, et, se retournant vers Mervyn, qui se séchait au soleil en bâillant, elle se mit à le battre :

— Oh! le sot! le gros sot! dit-elle. Qu'il est bête!

Cependant je ruisselais sur l'herbe comme un arrosoir, et ne savais trop que faire de ma personne, quand la jeune fille, revenant à moi, reprit avec bonté :

— Monsieur Maxime, prenez la barque et allez-vous-en bien vite. Vous vous réchaufferez un peu en ramant. Moi je m'en retournerai avec Alain par les bois. Le chemin est plus court.

Cet arrangement me paraissant le plus convenable à tous égards, je n'y fis aucune objection. Je pris congé, j'eus pour la seconde fois le plaisir de toucher la main de la maîtresse de Mervyn, et je me jetai dans la barque. Rentré chez moi, je fus surpris, en m'occupant de ma toilette, de retrouver autour de mon cou le petit mouchoir déchiré, que j'avais tout à fait oublié de rendre à mademoiselle Marguerite. Elle le croyait certainement perdu, et je me décidai sans scrupule à me l'approprier, comme prix de mon humide tournoi. J'allai le soir au château; mademoiselle Laroque m'accueillit avec cet air d'indolence dédaigneuse, de distraction sombre et d'amer ennui qui la caractérise habituellement, et qui formait alors un singulier contraste avec la gracieuse bonhomie et la vivacité enjouée de ma compagne du matin. Pendant le dîner, auquel assistait M. de Bévallan, elle parla de notre excursion, comme pour en ôter tout mystère; elle lança, chemin faisant, quelques brèves railleries à l'adresse des amants de la nature, puis elle termina en racontant la mésaventure de Mervyn; mais elle supprima de ce dernier épisode toute la partie qui me concernait. Si cette réserve avait pour but, comme je le crois, de donner le ton à ma propre discrétion, la jeune demoiselle prenait une peine fort inutile. Quoi qu'il en soit, M. de Bévallan, à l'audition de ce récit, nous assourdit de ses cris de désespoir. — Comment! mademoiselle Marguerite avait souffert ces longues anxiétés, le brave Mervyn avait couru ces périls, et lui, Bévallan, ne s'était point trouvé là! Fatalité! il ne s'en consolerait jamais; il ne lui restait plus qu'à se pendre, comme Crillon!

— Eh bien! s'il n'y avait que moi pour

JE ME DIS QU'IL NE TENAIT PEUT-ÊTRE QU'A MOI EN CE MOMENT D'ÊTRE PLEURÉ...

le dépendre, me dit le vieil Alain en me reconduisant, j'y mettrais le temps!

La journée d'hier ne commença pas pour moi aussi gaiement que celle de la veille. Je reçus dès le matin une lettre de Madrid, qui me chargeait d'annoncer à mademoiselle de Porhoët la perte définitive de son procès. L'agent d'affaires m'apprenait, en outre, que la famille contre laquelle on plaidait paraît ne pas devoir profiter de son triomphe, car elle se trouve maintenant en lutte avec la couronne, qui s'est éveillée au bruit de ces millions, et qui soutient que la succession en litige lui appartient par droit d'aubaine. — Après de longues réflexions, il m'a semblé qu'il serait charitable de cacher à ma vieille amie la ruine absolue de ses espérances. J'ai donc le dessein de m'assurer la complicité de son agent en Espagne : il prétextera de nouveaux délais; de mon côté, je poursuivrai mes fouilles dans les archives, et je ferai enfin mon possible pour que la pauvre femme continue, jusqu'à son dernier jour, de nourrir ses chères illusions. Si légitime que soit le caractère de cette tromperie, j'éprouvai toutefois le besoin de la faire sanctionner par quelque conscience délicate. Je me rendis au château dans l'après-midi, et je fis ma confession à madame Laroque : elle approuva mon plan, et me loua même plus que l'occasion ne paraissait le demander. Ce ne fut pas sans grande surprise que je l'entendis terminer notre entretien par ces mots :

— C'est le moment de vous dire, monsieur, que je vous suis profondément reconnaissante de vos soins, et que je prends chaque jour plus de goût pour votre compagnie, plus d'estime pour votre personne. Je voudrais, monsieur, — je vous en demande pardon, car vous ne pouvez guère partager ce vœu, — je voudrais que nous ne fussions jamais séparés... Je prie humblement le ciel de faire tous les miracles qui seraient nécessaires pour cela.. car il faudrait des miracles, je ne me le dissimule pas.

Je ne pus saisir le sens précis de ce langage, pas plus que je ne m'expliquai l'émotion soudaine qui brilla dans les yeux de cette excellente femme. — Je remerciai, comme il convenait, et je m'en allai à travers champs promener ma tristesse.

Un hasard, — peu singulier, pour être franc, — me conduisit, au bout d'une heure de marche, dans un vallon retiré, sur les bords du bassin qui avait été le théâtre de mes récentes prouesses. Ce cirque de feuillage et de rochers qui enveloppe le petit lac réalise l'idéal même de la solitude. On est vraiment là au bout du monde, dans un pays vierge, en Chine, où l'on veut. Je m'étendis sur la bruyère, et je refis en imagination toute ma promenade de la veille, qui est de celles qu'on ne fait pas deux fois dans le cours de la plus longue vie. Déjà je sentais qu'une pareille bonne fortune, si jamais elle m'était offerte une seconde fois, n'aurait plus à beaucoup près le même charme imprévu, de sérénité, et, pour trancher le mot, d'innocence. Il fallait bien me le dire, ce frais roman de jeunesse, qui parfumait ma pensée, ne pouvait avoir qu'un chapitre, qu'une page même, et je l'avais lue. Oui, cette heure, cette heure d'amour, pour l'appeler par son nom, avait été souverainement douce, parce qu'elle n'avait pas été préméditée, parce que je n'avais songé à lui donner son nom qu'après l'avoir épuisée, parce que j'avais eu l'ivresse sans la faute! Maintenant ma conscience était éveillée : je me voyais sur la pente d'un amour impossible, ridicule, — pis que cela, — coupable! Il était temps de veiller sur moi, pauvre déshérité que je suis!

Je m'adressais ces conseils dans ce lieu solitaire, — et il n'eût pas été grandement nécessaire de venir là pour me les adresser, — quand un murmure de voix me tira soudain de ma distraction. Je me levai, et je vis s'avancer vers moi une société de quatre ou cinq personnes qui venaient de débarquer. C'était d'abord mademoiselle Marguerite s'appuyant sur le bras de M. de Bévallan, puis mademoiselle Hélouin et madame Aubry, que suivaient Alain et Mervyn. Le bruit de leur approche avait été couvert par le grondement des cascades; ils n'étaient plus qu'à deux pas, je n'avais pas le temps de faire retraite, et il fallut me résigner au désagrément d'être surpris dans mon attitude de beau ténébreux. Ma présence en ce lieu ne parut toutefois éveiller aucune attention particulière; seulement je crus voir passer un nuage de mécontentement sur le front de mademoiselle Marguerite; et elle me rendit mon salut avec une raideur marquée.

M. de Bévallan, planté sur les bords du

CE FUT EN VAIN QUE MADEMOISELLE MARGUERITE...

bassin, fatigua quelque temps les échos des clameurs banales de son admiration :

— Délicieux ! pittoresque ! Quel ragoût !... La plume de George Sand... le pinceau de Salvator Rosa ! — le tout accompagné de gestes énergiques, qui semblaient tour à tour ravir à ces deux grands artistes les instruments de leur génie.

Enfin il se calma, et se fit montrer la passe dangereuse où Mervyn avait failli périr. Mademoiselle Marguerite raconta de nouveau l'aventure, observant d'ailleurs la même discrétion au sujet de la part que j'avais prise au dénouement. Elle insista même avec une sorte de cruauté, relativement à moi, sur les talents, la vaillance et la présence d'esprit que son chien avait déployés, suivant elle, dans cette circonstance héroïque. Elle supposait apparemment que sa bienveillance passagère et le service que j'avais eu le bonheur de lui rendre avaient dû faire monter à mon cerveau quelques fumées de présomption qu'il était urgent de rabattre.

Cependant, mademoiselle Hélouin et madame Aubry ayant manifesté un vif désir de voir se renouveler sous leurs yeux les exploits tant vantés de Mervyn, la jeune fille appela le terre-neuve, et lança, comme la veille, son mouchoir dans le courant de la rivière; mais, à ce signal, le brave Mervyn, au lieu de se précipiter dans le lac, prit sa course le long de la rive, allant et venant d'un air affairé, aboyant avec fureur, agitant la queue, donnant enfin mille preuves d'un intérêt puissant, mais en même temps d'une excellente mémoire. Décidément la raison domine le cœur chez cet animal. Ce fut en vain que mademoiselle Marguerite, courroucée et confuse, employa tour à tour les caresses et les menaces pour vaincre l'obstination de son favori : rien ne put persuader à l'intelligente bête de confier de nouveau sa précieuse personne à ces ondes redoutables. Après des annonces si pompeuses, la prudence opiniâtre de l'intrépide Mervyn avait réellement quelque chose de plaisant; plus que tout autre j'avais, je pense, le droit d'en rire, et je ne m'en fis pas faute. Au surplus, l'hilarité fut bientôt générale, et mademoiselle Marguerite finit elle-même par y prendre part, quoique faiblement.

— Avec tout cela, dit-elle, voilà encore un mouchoir perdu!

Le mouchoir, entraîné par le mouvement constant du remous, était allé s'échouer naturellement dans les branches du buisson fatal, à une assez courte distance de la rive opposée.

— Fiez-vous à moi, mademoiselle, s'écria M. de Bévallan. Dans dix minutes, vous aurez votre mouchoir, ou je ne serai plus!

Il me parut que mademoiselle Marguerite, sur cette déclaration magnanime, me lançait à la dérobée un regard expressif, comme pour me dire : « Vous voyez que le dévouement n'est point si rare autour de moi! » Puis elle répondit à M. de Bévallan :

— Pour Dieu! ne faites point de folie! l'eau est très profonde... Il y a un vrai danger...

— Ceci m'est absolument égal, reprit M. de Bévallan. Dites-moi, Alain, vous devez avoir un couteau?

— Un couteau! répéta mademoiselle Marguerite avec l'accent de la surprise.

— Oui. Laissez-moi faire, laissez-moi faire?

— Mais que prétendez-vous faire d'un couteau?

— Je prétends couper une gaule, dit M. de Bévallan.

La jeune fille le regarda fixement.

— Je croyais, murmura-t-elle, que vous alliez vous mettre à la nage!

— Oh! à la nage! dit M. de Bévallan; permettez, mademoiselle. D'abord je ne suis pas en costume de natation... ensuite je vous avouerai que je ne sais pas nager.

— Si vous ne savez pas nager, répliqua la jeune fille d'un ton sec, il importe assez peu que vous soyez ou non en costume de natation!

— C'est parfaitement juste, dit M. de Bévallan avec une amusante tranquillité; mais vous ne tenez pas particulièrement à ce que je me noie, n'est ce pas? Vous voulez votre mouchoir, voilà le but. Du moment que j'y arriverai, vous serez satisfaite, n'est-il pas vrai?

— Eh bien, allez, dit la jeune fille en s'asseyant avec résignation; — allez couper votre gaule, monsieur.

M. de Bévallan, qu'il n'est pas très facile de décontenancer, disparut alors dans un fourré voisin, où nous entendîmes pendant un moment craquer des branchages; puis il revint armé d'un long jet de noisetier qu'il se mit à dépouiller de ses feuilles.

— Est-ce que vous comptez atteindre l'autre rive avec ce bâton, par hasard? dit mademoiselle Marguerite, dont la gaieté commençait manifestement à s'éveiller.

— Laissez-moi faire, laissez-moi donc

IL REVINT ARMÉ D'UN LONG JET DE NOISETIER.

faire, mon Dieu! reprit l'imperturbable gentilhomme.

On le laissa faire. Il acheva de préparer sa gaule, après quoi il se dirigea vers la barque. Nous comprîmes alors que son dessein était de traverser la rivière en bateau au-dessus de la chute, et une fois sur l'autre bord, de harponner le mouchoir, qui n'en était pas très éloigné. A cette découverte, il n'y eut dans l'assistance qu'un cri d'indignation, les dames en général aimant fort, comme on sait, les entreprises dangereuses — pour les autres.

— Voilà une belle invention vraiment! Fi! fi! monsieur de Bévallan!

— Ta, ta, ta, mesdames, c'est comme l'œuf de Christophe Colomb. Il fallait encore s'en aviser.

Cependant, contre toute attente, cette expédition d'apparence si pacifique ne devait se terminer ni sans émotion, ni même sans périls. M. de Bévallan, en effet, au lieu de gagner l'autre rive directement en face de la petite anse où la barque avait été amarrée, eut l'idée malencontreuse d'aller descendre sur quelque point plus voisin de la cataracte. Il poussa donc le canot au milieu du courant, puis le laissa dériver pendant un moment: mais il ne tarda pas à s'apercevoir qu'aux approches de la chute, la rivière, comme attirée par le gouffre et prise de vertige, précipitait son cours avec une inquiétante rapidité. Nous eûmes la révélation du danger en le voyant soudain mettre le canot en travers, et commencer à battre des rames avec une fiévreuse énergie. Il lutta contre le courant pendant quelques secondes avec un succès très incertain. Cependant, il se rapprochait peu à peu de la berge opposée, bien que la dérive continuât à l'entraîner avec une impétuosité effrayante vers les cataractes, dont les menaçantes rumeurs devaient alors lui emplir les oreilles. Il n'en était plus qu'à quelques pieds, lorsqu'un effort suprême le porta assez près du rivage pour que son salut du moins fût assuré. Il prit alors un élan vigoureux, et sauta sur le talus de la rive, en repoussant du pied, malgré lui, la barque abandonnée, qui fut culbutée aussitôt par-dessus les récifs, et vint nager dans le bassin, la quille en l'air.

Tant que le péril avait duré, nous n'avions eu, en face de cette scène, d'autre impression que celle d'une vive inquiétude; mais nos esprits, à peine rassurés, devaient être vivement saisis par le contraste qu'offrait le dénouement de l'aventure avec l'aplomb et l'assurance ordinaires de celui qui en était le héros. Le rire est, d'ailleurs, aussi facile que naturel après des alarmes heureusement apaisées. Aussi n'y eut-il personne parmi nous qui ne s'abandonnât à une franche gaieté, aussitôt que nous vîmes M. de Bévallan hors de la barque. Il faut dire qu'à ce moment même son infortune se complétait par un détail vraiment affligeant. La berge sur laquelle il s'était élancé présentait une pente escarpée et humide : il n'y eut pas plus tôt posé le pied qu'il glissa et retomba en arrière; quelques branches solides se trouvaient heureusement à sa portée, et il s'y cramponna des deux mains avec frénésie, pendant que ses jambes s'agitaient comme deux rames furieuses dans l'eau, d'ailleurs peu profonde, qui baignait la rive. Toute ombre de danger ayant alors disparu, le spectacle de ce combat était purement ridicule, et je suppose que cette cruelle pensée ajoutait aux efforts de M. de Bévallan une maladroite précipitation qui en retardait le succès. Il réussit cependant à se soulever et à reprendre pied sur le talus; puis subitement nous le vîmes glisser de nouveau en déchirant les broussailles sur son passage, après quoi il recommença dans l'eau, avec un désespoir évident, sa pantomime désordonnée. C'était véritablement à n'y pas tenir. Jamais, je crois, mademoiselle Marguerite n'avait été à pareille fête. Elle avait absolument perdu tout souci de sa dignité, et, comme une nymphe ivre de raisin, elle remplissait le bocage des éclats de sa joie presque convulsive. Elle frappait dans ses mains à travers ses rires, criant d'une voix entrecoupée :

— Bravo! bravo! monsieur de Bévallan! très joli! délicieux! pittoresque! Salvator Rosa!

M. de Bévallan cependant avait fini par se hisser sur la terre ferme : se tournant alors vers les dames, il adressa un discours que le fracas de la chute ne permettait point d'entendre distinctement; mais, à ses gestes animés, aux mouvements descriptifs de ses bras et à l'air gauchement souriant de son visage, nous pouvions comprendre qu'il nous donnait une explication apologétique de son désastre.

— Oui, monsieur, oui, reprit mademoiselle Marguerite, continuant de rire avec l'implacable barbarie d'une femme, c'est un très beau succès! Soyez heureux!

Quand elle eut repris un peu de sérieux, elle m'interrogea sur les moyens de recouvrer la barque chavirée, qui par parenthèse, est la meilleure de notre flottille. Je promis de revenir le lendemain avec des ouvriers et de présider au sauvetage; puis nous nous acheminâmes gaiement à travers les prairies, dans la direction du château, tandis que M. de Bévallan, n'étant pas en costume de natation, devait renoncer à nous rejoindre, et s'enfonçait d'un air mélancolique derrière les rochers qui bordent l'autre rive.

20 août.

Enfin cette âme extraordinaire m'a livré le secret de ses orages. Je voudrais qu'elle l'eût gardé à jamais!

Dans les jours qui suivirent les dernières scènes que j'ai racontées, mademoiselle Marguerite, comme honteuse des mouvements de jeunesse et de franchise auxquels elle s'était abandonnée un instant, avait laissé retomber plus épais sur son front son voile de fierté triste, de défiance et de dédain. Au milieu des bruyants plaisirs, des fêtes, des danses qui se succédaient au château, elle passait comme une ombre, indifférente, glacée, quelquefois irritée. Son ironie s'attaquait avec une amertume inconcevable tantôt aux plus pures jouissances de l'esprit, à celles que donnent la contemplation et l'étude, tantôt même aux sentiments les plus nobles et les plus inviolables. Si l'on citait devant elle quelque trait de courage ou de vertu, elle le retournait aussitôt pour y chercher la face de l'égoïsme : si l'on avait le malheur d'allumer en sa présence le plus faible grain d'encens sur l'autel de l'art, elle l'éteignait d'un revers de main. Son rire bref, saccadé, redoutable, pareil sur ses lèvres à la moquerie d'un ange tombé, s'acharnait à flétrir, partout où elle en voyait trace, les plus généreuses facultés de l'âme humaine, l'enthousiasme et la passion. Cet étrange esprit de dénigrement prenait, je le remarquais, vis-à-vis de moi, un caractère de persécution spéciale et de véritable hostilité. Je ne comprenais pas, et je ne comprends pas encore très bien, comment j'avais pu mériter ces attentions particulières, car s'il est vrai que je porte en mon cœur la ferme religion des choses idéales et éternelles, et que la mort seule l'en puisse arracher (eh! grand Dieu! que me resterait-il, si je n'avais cela!), je ne suis nullement enclin aux extases publiques, et mes admirations, comme mes amours, n'importuneront jamais personne. Mais j'avais beau observer avec plus de scrupule que jamais l'espèce de pudeur qui sied aux sentiments vrais, je n'y gagnais rien : j'étais suspect de poésie. On me prêtait des chimères romanesques pour avoir le plaisir de les combattre, on me mettait dans les mains je ne sais quelle harpe ridicule pour se donner le divertissement d'en briser les cordes.

Bien que cette guerre déclarée à tout ce qui s'élève au-dessus des intérêts positifs et des sèches réalités de la vie ne fût pas un trait nouveau du caractère de mademoiselle Marguerite, il s'était brusquement exagéré et envenimé au point de blesser les cœurs qui sont le plus attachés à cette jeune fille. Un jour, mademoiselle de Porhoët, fatiguée de cette raillerie incessante, lui dit devant moi :

— Ma mignonne, il y a en vous depuis quelque temps un diable que vous ferez bien d'exorciser le plus tôt possible, autrement vous finirez par former le saint trèfle avec madame Aubry et madame de Saint-Cast, je veux bien vous en avertir, pour mon compte, je ne me pique pas d'être ni d'avoir été jamais une personne très romanesque, mais j'aime à penser qu'il y a encore dans le monde quelques âmes capables de sentiments généreux je crois au désintéressement, quand ce ne serait qu'au mien : je crois même à l'héroïsme, car j'ai connu des héros. De plus, j'ai du plaisir à entendre chanter les petits oiseaux sous ma charmille, et à bâtir ma cathédrale dans les nuages qui passent. Tout cela peut être fort ridicule, ma charmante; mais j'oserai vous rappeler que ces illusions sont les trésors du pauvre, que monsieur et moi nous n'en avons point d'autres, et que nous avons la singularité de ne pas nous en plaindre.

Un autre jour, comme je venais de subir avec mon impassibilité ordinaire les sarcasmes à peine déguisés de mademoiselle Marguerite, sa mère me prit à part :

— Monsieur Maxime, me dit-elle, ma fille vous tourmente un peu; je vous prie de l'excuser Vous devez remarquer que son caractère s'est altéré depuis quelque temps

— Mademoiselle votre fille paraît être plus préoccupée que de coutume.

— Mon Dieu! ce n'est pas sans raison;

elle est sur le point de prendre une résolution très grave, et c'est un moment où l'humeur des jeunes personnes est livrée aux brises folles.

Je m'inclinai sans répondre.

— Vous êtes maintenant, reprit madame Laroque, un ami de la famille; à ce titre, je vous serai obligée de me dire ce que vous pensez de monsieur de Bévallan?

— Monsieur de Bévallan, madame, a, je crois, une très belle fortune, — un peu inférieure à la vôtre, — mais très belle néanmoins, cent cinquante mille francs de rente environ.

— Oui; mais comment jugez-vous sa personne, son caractère?

— Madame, monsieur de Bévallan est ce qu'on nomme un très beau cavalier. Il ne manque pas d'esprit; il passe pour un galant homme.

— Mais croyez-vous qu'il rende ma fille heureuse?

— Je ne crois pas qu'il la rende malheureuse. Ce n'est pas une âme méchante.

— Que voulez-vous que je fasse, mon Dieu? Il ne me plaît pas absolument... mais il est le seul qui ne déplaise pas absolument à Marguerite... et puis il y a si peu d'hommes qui aient cent mille francs de rente. Vous comprenez que ma fille, dans sa position, n'a pas manqué de prétendants... Depuis deux ou trois ans, nous en sommes littéralement assiégés... Eh bien! il faut en finir... Moi, je suis malade... je puis m'en aller d'un jour à l'autre... Ma fille resterait sans protection... Puisque voilà un mariage où toutes les convenances se rencontrent, et que le monde approuvera certainement, je serais coupable de ne pas m'y prêter. On m'accuse déjà de souffler à ma fille des idées romanesques... la vérité est que je ne lui souffle rien. Elle a une tête parfaitement à elle. Enfin, qu'est-ce que vous me conseillez?

— Voulez-vous me permettre de vous demander quelle est l'opinion de mademoiselle de Porhoët? C'est une personne pleine de jugement et d'expérience, et qui de plus vous est entièrement dévouée.

— Eh! si j'en croyais mademoiselle de Porhoët, j'enverrais monsieur de Bévallan très loin... Mais elle en parle bien à son aise, mademoiselle de Porhoët... Quand il sera parti, ce n'est pas elle qui épousera ma fille!

— Mon Dieu, madame, au point de vue de la fortune, monsieur de Bévallan est certainement un parti rare, il ne faut pas vous le dissimuler, — et si vous tenez rigoureusement à cent mille livres de rente?..

— Mais je ne tiens pas plus à cent mille livres de rente qu'à cent sous, mon cher monsieur. Seulement il ne s'agit pas de moi, il s'agit de ma fille... Eh bien, je ne peux pas la donner à un maçon, n'est-ce pas? Moi, j'aurais assez aimé à être la femme d'un maçon; mais ce qui aurait fait mon bonheur ne ferait peut-être pas celui de ma fille. Je dois, en la mariant, consulter les idées généralement reçues, non les miennes.

— Eh bien, madame, si ce mariage vous convient, et s'il convient pareillement à mademoiselle votre fille...

— Mais non... il ne me convient pas... et il ne convient pas davantage à ma fille... C'est un mariage... mon Dieu! c'est un mariage de convenance, voilà tout!

— Dois-je comprendre qu'il est tout à fait arrêté?

— Non, puisque je vous demande conseil. S'il l'était, ma fille serait plus tranquille... Ce sont ses hésitations qui la bouleversent, et puis...

Madame Laroque se plongea dans l'ombre du petit dôme qui surmonte son fauteuil, et ajouta :

— Avez-vous quelque idée de ce qui se passe dans cette malheureuse tête?

— Aucune, madame.

Son regard étincelant se fixa sur moi pendant un moment. Elle poussa un soupir profond et me dit d'un ton doux et triste :

— Allez, monsieur... je ne vous retiens plus.

La confidence dont je venais d'être honoré m'avait causé peu de surprise. Depuis quelque temps, il était visible que mademoiselle Marguerite consacrait à M. de Bévallan tout ce qu'elle pouvait garder encore de sympathie pour l'humanité. Ces témoignages toutefois portaient plutôt la marque d'une préférence amicale que celle d'une tendresse passionnée. Il faut dire au reste que cette préférence s'explique. M. de Bévallan, que je n'ai jamais aimé et dont j'ai, malgré moi, dans ces pages, présenté la caricature plutôt que le portrait, réunit le plus grand nombre des qualités et des défauts qui enlèvent habituellement le suffrage des femmes. La modestie lui manque absolument; mais c'est à merveille, car les femmes ne l'aiment pas. Il a cette assurance spirituelle, railleuse et tranquille, que rien n'intimide, qui intimide facilement, et qui garantit partout à celui qui en est doué une sorte de domination et une apparence de supériorité. Sa taille élevée, ses grands traits, son adresse aux exercices physiques, sa renommée de coureur et de chasseur, lui prêtent une autorité virile qui impose au sexe timide. Il a enfin dans les yeux un esprit d'audace, d'entreprise et de conquête, que ses mœurs ne démentent point, qui trouble les femmes et remue dans leurs âmes de secrètes ardeurs. Il est juste d'ajouter que de tels avantages n'ont, en général, toute leur prise que sur les cœurs vulgaires; mais le cœur de mademoiselle Marguerite, que j'avais été tenté d'abord, comme il arrive toujours, d'élever au niveau de sa beauté, semblait faire étalage, depuis quelque temps, de sentiments d'un ordre très médiocre, et je la croyais très capable de subir, sans résistance comme sans enthousiasme, avec la froideur passive d'une imagination inerte, le charme de ce vainqueur banal et le joug subséquent d'un mariage convenable.

De tout cela il fallait bien prendre mon parti, et je le prenais plus facilement que je ne l'aurais cru possible un mois plus tôt, car j'avais employé tout mon courage à combattre les premières tentations d'un amour que le bon sens et l'honneur réprouvaient également, et celle même qui, sans le savoir, m'imposait ce combat, sans le savoir aussi, m'y avait aidé puissamment. Si elle n'avait pu me cacher sa beauté, elle m'avait dévoilé son âme, et la mienne s'était à demi refermée. Faible malheur sans doute pour la jeune millionnaire, mais bonheur pour moi!

Cependant je fis un voyage à Paris, où m'appelaient les intérêts de madame Laroque et les miens. Je revins il y a deux jours, et, comme j'arrivais au château, on me dit que le vieux M. Laroque me demandait avec insistance depuis le matin. Je me rendis à la hâte dans son appartement. Dès qu'il m'aperçut, un pâle sourire effleura ses joues flétries; il arrêta sur moi un regard où je crus lire une expression de joie maligne et de secret triomphe, puis il me dit de sa voix sourde et caverneuse :

— Monsieur! monsieur de Saint-Cast est mort!

Cette nouvelle, que le singulier vieillard avait tenu à m'apprendre lui-même, était exacte. Dans la nuit précédente, le pauvre général de Saint-Cast avait été frappé d'une attaque d'apoplexie, et une heure plus tard il était enlevé à l'existence opulente et délicieuse qu'il devait à madame de Saint-Cast. Aussitôt l'événement connu au château, madame Aubry s'était fait transporter dare dare chez son amie, et ces deux compagnonnes, nous dit le docteur Desmarets, avaient, tout le jour, échangé sur la mort, sur la rapidité de ses coups, sur l'impossibilité de les prévoir ou de s'en garantir, sur l'inutilité des regrets, qui ne ressuscitent personne, sur le temps qui console, une litanie d'idées originales et piquantes.

Après quoi, s'étant mises à table, elles avaient repris des forces tout doucement.

— Allons! mangez, madame; il faut se soutenir, Dieu le veut, disait madame Aubry.

Au dessert, madame de Saint-Cast avait fait monter une bouteille d'un petit vin d'Espagne que le pauvre général adorait, en considération de quoi elle priait madame Aubry d'y goûter. Madame Aubry refusant obstinément d'y goûter seule, madame de Saint-Cast s'était laissé persuader que Dieu voulait encore qu'elle prît un verre de vin d'Espagne avec une croûte. On n'avait point porté la santé du général.

Hier matin, madame Laroque et sa fille, strictement vêtues de deuil, montèrent en voiture : je pris place près d'elles. Nous étions rendus vers dix heures dans la petite ville voisine. Pendant que j'assistais aux funérailles du général, ces dames se joignaient à madame Aubry pour former autour de la veuve le cercle de circonstance. La triste cérémonie achevée, je regagnai la maison mortuaire, et je fus introduit, avec quelques familiers, dans le salon célèbre dont le mobilier coûte quinze mille francs. Au milieu d'un demi-jour funèbre, je distinguai, sur un canapé de douze cents francs, l'ombre inconsolable de madame de Saint-Cast, enveloppée de longs crêpes, dont nous ne tarderons pas à connaître le prix. A ses côtés se tenait madame Aubry, présentant l'image du plus grand affaissement physique et moral. Une demi-douzaine de parentes et d'amies complétaient ce groupe douloureux. Pendant que nous nous rangions en haie à l'autre extrémité du salon, il y eut un bruit de froissements de pieds et quelques craquements du parquet; puis un morne silence régna de nouveau

MADAME DE SAINT CAST.

dans le mausolée. De temps à autre seulement il s'élevait du canapé un soupir lamentable, que madame Aubry répétait aussitôt comme un écho fidèle.

Enfin parut un jeune homme, qui s'était un peu attardé dans la rue pour prendre le temps d'achever un cigare qu'il avait allumé en sortant du cimetière. Comme il se glissait discrètement dans nos rangs, madame de Saint-Cast l'aperçut.

— C'est vous, Arthur? dit-elle d'une voix pareille à un souffle.

— Oui, ma tante, dit le jeune homme, s'avançant en vedette sur le front de notre ligne.

— Eh bien, reprit la veuve du même ton plaintif et traînant, c'est fini?

— Oui, ma tante, répondit d'un accent bref et délibéré le jeune Arthur, qui paraissait un garçon assez satisfait de lui-même.

Il y eut une pause, après laquelle madame de Saint-Cast tira du fond de son âme expirante cette nouvelle série de questions :

— Était-ce bien?

— Très bien, ma tante, très bien.

— Beaucoup de monde?

— Toute la ville, ma tante, toute la ville.

— La troupe?

— Oui, ma tante, toute la garnison, avec la musique.

Madame de Saint-Cast fit entendre un gémissement, et elle ajouta :

— Les pompiers?

— Les pompiers aussi, ma tante, très certainement.

J'ignore ce que ce dernier détail pouvait avoir de particulièrement déchirant pour le cœur de madame de Saint-Cast; mais elle n'y résista point : une pâmoison subite, accompagnée d'un vagissement enfantin, appela autour d'elle toutes les ressources de la sensibilité féminine, et nous fournit l'occasion de nous esquiver. Je n'eus garde, pour moi, de n'en pas profiter. Il m'était insupportable de voir cette ridicule mégère exécuter ses hypocrites momeries sur la tombe de l'homme faible, mais bon et loyal, dont elle avait empoisonné la vie et très vraisemblablement hâté la fin.

Quelques instants plus tard, madame Laroque me fit proposer de l'accompagner à la métairie de Langoat, qui est située cinq ou six lieues plus loin, dans la direction de la côte. Elle comptait y aller dîner avec sa fille : la fermière, qui a été la nourrice de mademoiselle Marguerite, est malade en ce moment, et ces dames projetaient depuis longtemps de lui donner ce témoignage d'intérêt. Nous partîmes à deux heures de l'après-midi. C'était une des plus chaudes journées de cette chaude saison. Les deux portières ouvertes laissaient entrer dans la voiture les effluves épais et brûlants qu'un ciel torride versait à flots sur les landes desséchées.

La conversation souffrit de la langueur de nos esprits. Madame Laroque, qui se prétendait en paradis et qui s'était enfin débarrassée de ses fourrures, restait plongée dans une douce extase. Mademoiselle Marguerite jouait de l'éventail avec une gravité espagnole. Pendant que nous gravissions lentement les côtes interminables de ce pays, nous voyions fourmiller sur les roches calcinées des légions de petits lézards cuirassés d'argent, et nous entendions le pétillement continu des ajoncs qui ouvraient leurs gaines mûres au soleil.

Au milieu d'une de ces laborieuses ascensions, une voix cria soudain du bord de la route :

— Arrêtez, s'il vous plaît!

En même temps une grande fille aux jambes nues, tenant une quenouille à la main et portant le costume antique et la coiffe ducale des paysannes de cette contrée, franchit rapidement le fossé : elle culbuta en passant quelques moutons effarés, dont elle paraissait être la bergère, vint se camper avec une sorte de grâce debout sur le marchepied, et nous présenta dans le cadre de la portière sa figure brune, délibérée et souriante.

— Excusez, mesdames, dit-elle de ce ton bref et mélodieux qui caractérise l'accent des gens du pays; me feriez-vous bien le plaisir de me lire cela?

Elle tirait de son corsage une lettre pliée à l'ancienne mode.

— Lisez, monsieur, me dit madame Laroque en riant, et lisez tout haut, s'il y a lieu.

Je pris la lettre, qui était une lettre d'amour. Elle était adressée très minutieusement à mademoiselle Christine Oyadec, du bourg de ***, commune de ***, à la ferme de ***. L'écriture était d'une main fort inculte, mais qui paraissait sincère. La date annonçait que mademoiselle Christine avait reçu cette missive deux ou trois semaines auparavant : apparemment la pauvre fille, ne sachant pas lire et ne voulant point livrer son secret à la malignité de son entourage, avait attendu que quelque étranger de passage, à la fois bienveillant et lettré, vînt lui donner la clef de ce mystère qui lui brûlait le sein depuis quinze jours. Son œil bleu et largement ouvert se fixait sur moi avec un air de contentement inexprimable, pendant que je déchiffrais péniblement les lignes obliques de la lettre, qui était conçue en ces termes :

« Mademoiselle, c'est pour vous dire que depuis le jour où nous nous sommes parlé sur la lande après vêpres, mes intentions n'ont pas changé, et que je suis en peine des vôtres, mon cœur, mademoiselle, est tout à vous, comme je désire que le vôtre soit tout à moi, et si ça est, vous pouvez bien être sûre et certaine qu'il n'y pas âme vivante plus heureuse sur la terre ni au ciel que votre ami, — qui ne signe pas, mais vous savez bien qui, mademoiselle. »

— Est-ce que vous savez qui, mademoiselle Christine? dis-je en lui rendant la lettre.

— Ça se pourrait bien, dit-elle en nous montrant ses dents blanches et en secouant gravement sa jeune tête illuminée de bonheur. Merci, mesdames et monsieur!

Elle sauta à bas du marchepied, et disparut bientôt dans le taillis en poussant vers le ciel les notes joyeuses et sonores de quelque chanson bretonne.

Madame Laroque avait suivi avec un ravissement manifeste tous les détails de cette scène pastorale, qui caressait délicieusement sa chimère; elle souriait, elle rêvait, devant cette heureuse fille aux pieds nus, elle était charmée. Cependant, lorsque mademoiselle Oyadec fut hors de vue, une idée bizarre s'offrit soudain à la pensée de madame Laroque : c'était qu'après tout elle n'eût pas trop mal fait de donner une pièce de cinq francs à la bergère, en outre de son admiration.

— Alain ! cria-t-elle, rappelez-la.

LA FERME DE LANGOAT.

— Pourquoi donc, ma mère? dit vivement mademoiselle Marguerite, qui jusque-là n'avait paru accorder aucune attention à cet incident.

— Mais, mon enfant, peut-être cette fille ne comprend-elle pas parfaitement tout le plaisir que j'aurais, — et qu'elle devrait avoir elle-même, — à courir pieds nus dans la poussière ; je crois convenable, à tout hasard, de lui laisser un petit souvenir.

— De l'argent! reprit mademoiselle Marguerite; oh! ma mère, ne faites pas cela! ne mettez pas d'argent dans le bonheur de cette enfant!

L'expression de ce sentiment raffiné, que la pauvre Christine, par parenthèse, n'aurait peut-être pas apprécié infiniment, ne laissa pas de m'étonner dans la bouche de mademoiselle Marguerite, qui ne se pique pas en général de cette quintessence. Je crus même qu'elle plaisantait, bien que son visage n'indiquât aucune disposition à l'enjouement. Quoi qu'il en soit, ce caprice, plaisant ou non, fut pris très au sérieux par sa mère, et il fut décidé d'enthousiasme qu'on laisserait à cette idylle son innocence et ses pieds nus.

A la suite de ce beau trait, madame Laroque, évidemment fort contente d'elle-même, retomba dans son extase souriante, et mademoiselle Marguerite reprit son jeu d'éventail avec un redoublement de gravité. Une heure après, nous arrivions au terme de notre voyage. Comme la plupart des fermes de ce pays, où les hauteurs et les plateaux sont couverts de landes arides, la ferme de Langoat est assise dans le creux d'un vallon que traverse un cours d'eau. La fermière, qui se trouvait mieux, s'occupa sans retard des préparatifs du dîner, dont nous avions eu soin d'apporter les principaux éléments. Il fut servi sur la pelouse naturelle d'une prairie, à l'ombre d'un énorme châtaignier. Madame Laroque, installée dans une attitude extrêmement incommode sur un des coussins de la voiture, n'en paraissait pas moins radieuse. Notre réunion, disait-elle, lui rappelait ces groupes de moissonneurs qu'on voit en été se presser sous l'abri des haies, et dont elle n'avait jamais pu contempler sans envie les rustiques banquets. Pour moi, j'aurais trouvé peut-être en d'autres temps une douceur singulière dans l'étroite et facile intimité que ce repas sur l'herbe, comme toutes les scènes de ce genre, ne manquait pas d'établir entre les convives; mais j'éloignais avec un pénible sentiment de contrainte un charme trop sujet au repentir, et le pain de cette fugitive fraternité me semblait amer.

Comme nous finissions de dîner :

— Êtes-vous quelquefois monté là-haut? me dit madame Laroque en désignant le sommet d'une colline très élevée qui dominait la prairie.

— Non, madame.

— Oh! mais, c'est un tort. On a de là un très bel horizon. Il faut voir cela. — Pendant qu'on attellera, Marguerite va vous y conduire; n'est-ce pas, Marguerite?

— Moi, ma mère? Je n'y suis allée qu'une fois, et il y a longtemps... Au reste, je trouverai bien. Venez, monsieur, et préparez-vous à une rude escalade.

Nous nous mîmes aussitôt, mademoiselle Marguerite et moi, à gravir un sentier très raide qui serpentait sur le flanc de la montagne, en perçant çà et là un bouquet de bois. La jeune fille s'arrêtait de temps à autre dans son ascension légère et rapide, pour regarder si je la suivais, et, un peu haletante de sa course, elle me souriait sans parler. Arrivé sur la lande nue qui formait le plateau, j'aperçus à quelque distance une église de village dont le petit clocher dessinait sur le ciel ses vives arêtes.

— C'est là, me dit ma jeune conductrice en accélérant le pas.

Derrière l'église était un cimetière enclos de murs. Elle en ouvrit la porte, et se dirigea péniblement, à travers les hautes herbes et les ronces traînantes qui encombraient le champ de repos, vers une espèce de perron en forme d'hémicycle qui en occupe l'extrémité. Deux ou trois degrés disjoints par le temps et ornés assez singulièrement de sphères massives, conduisent sur une étroite plate-forme élevée au niveau du mur; une croix en granit se dresse au centre de l'hémicycle.

Mademoiselle Marguerite n'eut pas plutôt atteint la plate-forme, et jeté un regard dans l'espace qui s'ouvrait alors devant elle, que je la vis placer obliquement sa main au-dessus de ses yeux, comme si elle éprouvait un subit éblouissement. Je me hâtai de la rejoindre. Ce beau jour, approchant de sa fin, éclairait de ses dernières splendeurs une scène vaste, bizarre et sublime, que je n'oublierai jamais. En face de nous et à une immense profondeur au-dessous du plateau, s'étendait à perte de vue une sorte de marécage parsemé de plaques lumineuses, et qui offrait l'aspect d'une terre à peine abandonnée par le reflux d'un déluge. Cette large baie s'avançait jusque sous nos pieds au sein des montagnes échancrées. Sur les bancs de sable et de vase qui séparaient les lagunes intermittentes, une végétation confuse de roseaux et d'herbes marines se teignait de mille nuances, également sombres et pourtant distinctes, qui contrastaient avec la surface éclatante des eaux. A chacun de ses pas rapides vers l'horizon, le soleil illuminait ou plongeait dans l'ombre quelques-uns des nombreux lacs qui marquetaient le golfe à demi desséché : il semblait puiser tour à tour dans son écrin céleste les plus précieuses matières, l'argent, l'or, le rubis, le diamant, pour les faire étinceler sur chaque point de cette plaine magnifique. Quand l'astre toucha le terme de sa carrière, une bande vaporeuse et ondée qui bordait au loin la limite extrême des marécages s'empourpra soudain d'une lueur d'incendie, et garda un moment la transparence irradiée d'un nuage que sillonne la foudre. J'étais tout entier à la contemplation de ce tableau vraiment empreint de la grandeur divine, et que traversait, comme un rayon de plus, le souvenir de César, quand une voix basse et comme oppressée murmura près de moi :

— Mon Dieu! que c'est beau!

J'étais loin d'attendre de ma jeune compagne cette effusion sympathique. Je me retournai vers elle avec l'empressement d'une surprise qui ne diminua point quand l'altération de ses traits et le léger tremblement de ses lèvres m'eurent attesté la sincérité profonde de son admiration.

— Vous avouez que c'est beau? lui dis-je.

Elle secoua la tête; mais, au même instant, deux larmes se détachaient lentement de ses grands yeux; elle les sentit couler sur ses joues, fit un geste de dépit; puis, se jetant tout à coup sur la croix de granit dont la base lui servait de piédestal elle l'embrassa de ses deux mains, appuya fortement sa tête contre la pierre, et je l'entendis sangloter convulsivement.

... UNE SORTE DE MARÉCAGE PARSEMÉ DE PLAQUES LUMINEUSES.

Je ne crus devoir troubler par aucune parole le cours de cette émotion soudaine, et je m'éloignai de quelques pas avec respect. Après un moment, la voyant relever le front et replacer d'une main distraite ses cheveux dénoués, je me rapprochai.

— Que je suis honteuse! murmura-t-elle.

— Soyez heureuse plutôt, et renoncez, croyez-moi, à dessécher en vous la source de ces larmes; elle est sacrée. D'ailleurs, vous n'y parviendrez jamais.

— Il le faut! s'écria la jeune fille avec une sorte de violence. Au reste, c'est fait! Cet accès n'a été qu'une surprise... Tout ce qui est beau et tout ce qui est aimable... je veux le haïr, — je le hais!

— Et pourquoi, grand Dieu?

Elle me regarda en face, et ajouta avec un geste de fierté et de douleur indicibles :

— Parce que je suis belle, et que je ne puis être aimée!

Alors, comme un torrent longtemps contenu qui rompt enfin ses digues, elle continua avec un entraînement extraordinaire :

— C'est vrai, pourtant!

Et elle posait la main sur sa poitrine palpitante.

— Dieu avait mis dans ce cœur tous les trésors que je raille, que je blasphème à chaque heure du jour! Mais quand il m'a infligé la richesse, ah! il m'a retiré d'une main ce qu'il me prodiguait de l'autre! A quoi bon ma beauté, à quoi bon le dévouement, la tendresse, l'enthousiasme, dont je me sens consumée? Ah! ce n'est pas à ces charmes que s'adressent les hommages dont tant de lâches m'importunent. Je le devine, — je le sais, — je le sais trop! Et si jamais quelque âme désintéressée, généreuse, héroïque, m'aimait pour ce que je suis, non pour ce que je vaux... je ne le saurais pas... je ne le croirais pas! La défiance toujours! voilà ma peine, — mon supplice! Aussi cela est résolu.. je n'aimerai jamais! Jamais je ne risquerai de répandre dans un cœur vil, indigne, vénal, la pure passion qui brûle mon cœur. Mon âme mourra vierge dans mon sein!... Eh bien, j'y suis résignée; mais tout ce qui est beau, tout ce qui fait rêver, tout ce qui me parle des cieux défendus, tout ce qui agite en moi ces flammes inutiles, — je l'écarte, je le hais, je n'en veux pas!

Elle s'arrêta, tremblante d'émotion; puis, d'une voix plus basse :

— Monsieur, reprit-elle, je n'ai pas cherché ce moment... je n'ai pas calculé mes paroles... je ne vous avais pas destiné toute cette confidence; mais enfin j'ai parlé, vous savez tout... et si jamais j'ai pu blesser votre sensibilité, maintenant je crois que vous me pardonnerez.

Elle me tendit sa main. Quand ma lèvre se posa sur cette main tiède et encore humide de larmes, il me sembla qu'une langueur mortelle descendait dans mes veines. Pour Marguerite, elle détourna la tête, attacha un regard sur l'horizon assombri, puis, descendant lentement les degrés :

— Partons! dit-elle.

Un chemin plus long, mais plus facile que la rampe escarpée de la montagne, nous ramena dans la cour de la ferme,

ELLE APPUYA FORTEMENT SA TÊTE CONTRE LA PIERRE.

sans qu'un seul mot eût été prononcé entre nous. Hélas! qu'aurais-je dit? Plus qu'un autre j'étais suspect. Je sentais que chaque parole échappée de mon cœur trop rempli n'eût fait qu'élargir encore la distance qui me sépare de cette âme ombrageuse — et adorable!

La nuit déjà tombée dérobait aux yeux les traces de notre émotion commune. Nous partîmes. Madame Laroque, après nous avoir encore exprimé le contentement qu'elle emportait de cette journée, se mit à y rêver. Mademoiselle Marguerite, invisible et immobile dans l'ombre épaisse de la voiture, paraissait endormie comme sa mère; mais, quand un détour de la route laissait tomber sur elle un rayon de pâle clarté, ses yeux ouverts et fixes témoignaient qu'elle veillait silencieusement en tête à tête avec son inconsolable pensée. Pour moi, je puis à peine dire que je pensais: une étrange sensation, mêlée d'une joie profonde et d'une profonde amertume, m'avait envahi tout entier, et je m'y abandonnais comme on s'abandonne quelquefois à un songe dont on a conscience et dont on n'a pas la force de secouer le charme.

Nous arrivâmes vers minuit. Je descendis de voiture à l'entrée de l'avenue, pour gagner mon logis par le plus court chemin à travers le parc. Comme je m'engageais dans une allée obscure, un faible bruit de pas et de voix rapprochés frappa mon oreille, et je distinguai vaguement deux ombres dans les ténèbres. L'heure était assez avancée pour justifier la précaution que je pris de demeurer caché dans l'épaisseur du massif et d'observer ces rôdeurs nocturnes. Ils passèrent lentement devant moi: je reconnus mademoiselle Hélouin appuyée sur le bras de M. de Bévallan. Au même instant, le roulement de la voiture leur donna l'alarme, et, après un serrement de main, ils se séparèrent à la hâte, mademoiselle Hélouin s'esquivant dans la direction du château, et l'autre du côté des bois.

Rentré chez moi, et encore préoccupé de mon aventure, je me demandai avec colère si je laisserais M. de Bévallan poursuivre librement ses amours en partie double et chercher en même temps, dans la même maison, une fiancée et une maîtresse. Assurément je suis trop de mon âge et de mon temps pour ressentir contre certaines faiblesses la haine vigoureuse d'un puritain, et je n'ai pas l'hypocrisie de l'affecter; mais je pense que la moralité la plus libre et la plus relâchée sous ce rapport admet encore quelques degrés de dignité, d'élévation et de délicatesse. On marche plus ou moins droit dans ces chemins de traverse. Avant tout, l'excuse de l'amour, c'est d'aimer, et la profusion banale des tendresses de M. de Bévallan en exclut toute apparence d'entraînement et de passion. De telles amours ne sont plus même des fautes; elles n'en ont pas la valeur morale, ce ne sont que des calculs et des gageures de maquignon hébété. Les divers incidents de cette soirée, se rapprochant dans mon esprit, achevaient de me prouver à quel point extrême cet homme était indigne de la main et du cœur qu'il osait convoiter. Cette union serait monstrueuse. Et cependant je compris vite que je ne pouvais user, pour en rompre le dessein, des armes que le hasard venait de me livrer. La meilleure fin ne saurait justifier des moyens bas, et il n'est pas de délation honorable... Ce mariage s'accomplira donc! Le ciel laissera tomber une des plus nobles créatures qu'il a formées entre les bras de ce froid libertin! Il souffrira cette profanation! Hélas! il en souffre tant d'autres!

Puis je cherchai à concevoir par quel égarement de fausse raison cette jeune fille avait choisi cet homme entre tous. Je crus le deviner. M. de Bévallan est fort riche; il doit apporter ici une fortune à peu près égale à celle qu'il y trouve, cela paraît être une sorte de garantie; il pourrait se passer de ce surcroît de richesse: on le présume plus désintéressé parce qu'il est moins besoigneux. Triste argument! méprise énorme que de mesurer sur le degré de la fortune le degré de vénalité des caractères! les trois quarts du temps l'avidité s'enfle avec l'opulence — et les plus mendiants ne sont pas les plus pauvres!

N'y avait-il cependant aucune apparence que mademoiselle Marguerite pût d'elle-même ouvrir les yeux sur l'indignité de son choix, trouver dans quelque inspiration secrète de son propre cœur le conseil qu'il m'était défendu de lui suggérer? Ne pouvait-il s'élever tout à coup dans ce cœur un sentiment nouveau, inattendu, qui vînt souffler sur les vaines résolutions de la raison et les mettre à néant? Ce sentiment même n'était-il pas né déjà, et n'en avais-je pas recueilli des témoignages irrécusables? Tant de caprices bizarres, d'hésitations, de combats et de larmes dont j'avais été depuis quelque temps je ne pouvais espérer qu'il eût jamais assez de force pour triompher de la défiance éternelle qui est le travers et la vertu de cette noble fille, défiance dont mon caractère, j'ose le dire, repousse l'outrage, mais que ma situation, plus

QUAND MA LÈVRE SE POSA SUR CETTE MAIN TIÈDE..

l'objet ou le témoin, dénonçaient sans doute une raison chancelante et peu maîtresse d'elle-même. Je n'étais pas enfin assez neuf dans la vie pour ignorer qu'une scène comme celle dont le hasard m'avait rendu dans cette soirée même le confident et presque le complice — si peu préméditée qu'elle puisse être, — n'éclate point dans une atmosphère d'indifférence. De telles émotions, de tels ébranlements, supposent deux âmes déjà troublées par un orage commun, ou qui vont l'être.

Mais s'il était vrai, si elle m'aimait, comme il était trop certain que je l'aimais, je pouvais dire de cet amour ce qu'elle disait de sa beauté : « A quoi bon? » car que celle de tout autre, est faite pour inspirer. Entre ces terribles ombrages et la réserve plus grande qu'ils me commandent, quel miracle pourrait combler l'abîme?

Et enfin ce miracle intervenant, daignât-elle m'offrir cette main pour laquelle je donnerais ma vie, mais que je ne demanderai jamais, notre union serait-elle heureuse? Ne devrais-je pas craindre tôt ou tard dans cette imagination inquiète quelque sourd réveil d'une défiance mal étouffée? Pourrais-je me défendre moi-même de toute arrière-pensée pénible au sein d'une richesse empruntée? Pourrais-je jouir sans malaise d'un amour entaché d'un bienfait? Notre rôle de protection vis-à-vis des femmes nous est si formellement imposé par tous les sentiments d'honneur, qu'il ne peut être interverti un seul instant, même en toute probité, sans qu'il se répande sur nous je ne sais quelle ombre douteuse et suspecte. A la vérité, la richesse n'est pas un tel avantage qu'il ne puisse trouver en ce monde aucune espèce de compensation, et je suppose qu'un homme qui apporte à sa femme, en échange de quelques sacs d'or, un nom qu'il a illustré, un mérite éminent, une grande situation, un avenir, ne doit pas être écrasé de gratitude; mais, moi, j'ai les mains vides, je n'ai pas plus d'avenir que de présent; de tous les avantages que le monde apprécie, je n'en ai qu'un seul : mon titre, et je serais très résolu à ne le point porter, afin qu'on ne pût dire qu'il est le prix du marché. Bref, je recevrais tout et ne donnerais rien : un roi peut épouser une bergère, cela est généreux et charmant, et on l'en félicite à bon droit; mais un berger qui se laisserait épouser par une reine, cela n'aurait pas tout à fait aussi bonne figure.

J'ai passé la nuit à rouler toutes ces choses dans mon pauvre cerveau, et à chercher une conclusion que je cherche encore. Peut-être devrais-je sans retard quitter cette maison et ce pays. La sagesse le voudrait. Tout ceci ne peut bien finir. Que de mortels chagrins on s'épargnerait souvent par une seule minute de courage et de décision! Je devrais du moins être accablé de tristesse, jamais je n'en eus si belle occasion. Eh bien, je ne puis!... Au fond de mon esprit bouleversé et torturé, il y a une pensée qui domine tout et qui me remplit d'une allégresse surhumaine. Mon âme est légère comme un oiseau du ciel. Je revois sans cesse, je verrai toujours ce petit cimetière, cette mer lointaine, cet immense horizon et sur ce radieux sommet cet ange de beauté baigné de pleurs divins! Je sens encore sa main sous ma lèvre : je sens ses larmes dans mes yeux, dans mon cœur! Je l'aime! Eh bien, demain s'il le faut, je prendrai une résolution. Jusque-là, pour Dieu! qu'on me laisse en repos. Depuis longtemps, je n'abuse pas du bonheur... Cet amour, j'en mourrai peut-être : je veux en vivre en paix tout un jour!

26 août.

Ce jour, ce jour unique que j'implorais, ne m'a pas été donné. Ma courte faiblesse n'a pas attendu longtemps l'expiation, qui sera longue. Comment l'avais-je oublié? Dans l'ordre moral, comme dans l'autre, il y a des lois que nous ne transgressons jamais impunément, et dont les effets certains forment en ce monde l'intervention permanente de ce qu'on nomme la Providence. Un homme faible et grand, écrivant d'une main presque folle l'évangile d'un sage, disait de ces passions mêmes qui firent sa misère, son opprobre et son génie : « Toutes sont bonnes, quand on en reste le maître; toutes sont mauvaises, quand on s'en laisse assujettir. Ce qui nous est défendu par la nature, c'est d'étendre nos attachements plus loin que nos forces; ce qui nous est défendu par la raison, c'est de vouloir ce que nous ne pouvons obtenir; ce qui nous est défendu par la conscience n'est pas d'être tentés, mais de nous laisser vaincre aux tentations. Il ne dépend pas de nous d'avoir ou de n'avoir pas de passions : il dépend de nous de régner sur elles. Tous les sentiments que nous dominons sont légitimes; tous ceux qui nous dominent sont criminels... N'attache ton cœur qu'à la beauté qui ne périt point, que ta condition borne tes désirs; que tes devoirs aillent avant tes passions; étends la loi de la nécessité aux choses morales; apprends à perdre ce qui peut t'être enlevé, apprends à tout quitter quand la vertu l'ordonne! » Oui, telle est la loi; je la connaissais; je l'ai violée : je suis puni. Rien de plus juste.

J'avais à peine posé le pied sur le nuage de ce fol amour, que j'en étais précipité violemment, et j'ai à peine recouvré, après cinq jours, le courage nécessaire pour retracer les circonstances presque ridicules de ma chute. — Madame Laroque et sa fille étaient parties dès le matin pour aller faire une visite nouvelle à madame de Saint-Cast et ramener ensuite madame Aubry. Je trouvai mademoiselle Hélouin seule au château. Je lui apportais un trimestre de sa pension : car, bien que mes fonctions me laissent en général tout à fait étranger à la tenue et à la discipline intérieures de la maison, ces dames ont désiré, par égard sans doute pour mademoiselle Caroline comme pour moi, que ses appointements et les miens fussent payés exceptionnellement de ma main. La jeune demoiselle se tenait dans le petit boudoir qui est contigu au salon. Elle me reçut avec une douceur pensive qui me toucha. J'éprouvais moi-même en ce moment cette plénitude de cœur qui dispose à la confiance et à la bonté. Je résolus, en vrai don Quichotte, de tendre une main secourable à cette pauvre isolée.

— Mademoiselle, lui dis-je tout à coup, vous m'avez retiré votre amitié, mais la mienne vous est restée tout entière; me permettez-vous de vous en donner une preuve?

Elle me regarda, et murmura un oui timide.

PARDONNEZ-MOI! AYEZ PITIÉ DE MOI!

— Eh bien! ma pauvre enfant, vous vous perdez.

Elle se leva brusquement.

— Vous m'avez vue cette nuit dans le parc! s'écria-t-elle.

— Oui, mademoiselle.

— Mon Dieu!...

Elle fit un pas vers moi.

— ... Monsieur Maxime, je vous jure que je suis une honnête fille!

— Je le crois, mademoiselle; mais je dois vous dire que dans ce petit roman, sans doute très innocent de votre part, mais qui l'est peut-être moins de l'autre, vous aventurez très gravement votre réputation et votre repos. Je vous supplie d'y réfléchir, et je vous supplie en même temps d'être bien assurée que personne autre que vous n'entendra jamais un mot de ma bouche sur ce sujet.

J'allais me retirer : elle s'affaissa sur ses genoux près d'un canapé et éclata en sanglots, le front appuyé sur ma main, qu'elle avait saisie. J'avais vu couler, il y avait peu de temps, des larmes plus belles et plus dignes; cependant j'étais ému.

— Voyons, ma chère demoiselle, lui dis-je, il n'est pas trop tard, n'est-ce pas?

Elle secoua la tête avec force.

— Eh bien, ma chère enfant, prenez courage. Nous vous sauverons, allez! Que puis-je faire pour vous, voyons? Y a-t-il entre les mains de cet homme quelque gage, quelque lettre que je puisse lui redemander de votre part? Disposez de moi comme d'un frère.

Elle quitta ma main avec colère.

— Ah! que vous êtes dur! dit-elle. Vous parlez de me sauver... c'est vous qui me perdez! Après avoir feint de m'aimer, vous m'avez repoussée... vous m'avez humiliée, désespérée : Vous êtes la cause unique de ce qui arrive!

— Mademoiselle, vous n'êtes pas juste : je n'ai jamais feint de vous aimer; j'ai eu pour vous une affection très sincère, que j'ai encore. J'avoue que votre beauté, votre esprit, vos talents, vous donnent parfaitement le droit d'attendre de ceux qui vivent près de vous quelque chose de plus qu'une fraternelle amitié; mais ma situation dans le monde, les devoirs de famille qui me sont imposés, ne me permettaient pas de dépasser cette mesure vis-à-vis de vous sans manquer à toute probité. Je vous dis franchement que je vous trouve charmante, et je vous assure qu'en tenant mes sentiments pour vous dans la limite que la loyauté me commandait, je n'ai pas été sans mérite. Je ne vois rien là de fort humiliant pour vous : ce qui pourrait à plus juste titre vous humilier, mademoiselle, ce serait de vous voir aimée très résolument par un homme très résolu à ne pas vous épouser.

Elle me jeta un mauvais regard.

— Qu'en savez-vous? dit-elle. Tous les hommes ne sont pas des coureurs de fortunes!

— Ah! est-ce que vous seriez une méchante petite personne, mademoiselle Hélouin? lui dis-je avec beaucoup de calme. Cela étant, j'ai l'honneur de vous saluer.

— Monsieur Maxime! s'écria-t-elle en se précipitant tout à coup pour m'arrêter. Pardonnez-moi! ayez pitié de moi! Hélas! comprenez-moi, je suis si malheureuse! Figurez-vous donc ce que peut être la pensée d'une pauvre créature comme moi, à qui on a eu la cruauté de donner un cœur, une âme, une intelligence... et qui ne peut user de tout cela que pour souffrir... et pour haïr! Quelle est ma vie? quel est mon avenir? Ma vie, c'est le sentiment de ma pauvreté, exalté sans cesse par tous les raffinements du luxe qui m'entoure! Mon avenir, ce sera de regretter, de pleurer un jour amèrement cette vie même, — cette vie d'esclave, tout odieuse qu'elle est!... Vous parlez de ma jeunesse, de mon esprit, de mes talents. Ah! je voudrais n'avoir jamais eu d'autre talent que de casser des pierres sur les routes! Je serais plus heureuse!... Mes talents, j'aurai passé le meilleur temps de ma vie à en parer une autre femme, pour qu'elle soit plus belle, plus adorée et plus insolente encore!... Et quand le plus pur de mon sang aura passé dans les veines de cette poupée, elle s'en ira au bras d'un heureux époux prendre sa part des plus belles fêtes de la vie, tandis que moi, seule, vieille, abandonnée, j'irai mourir dans quelque coin avec une pension de femme de chambre... Qu'est-ce que j'ai fait au ciel pour mériter cette destinée-là, voyons? Pourquoi moi plutôt que ces femmes? Est-ce que je ne les vaux pas? Si je suis si mauvaise, c'est que le malheur m'a ulcérée, c'est que l'injustice m'a noirci l'âme... J'étais née comme elles, — plus qu'elles peut-être, — pour être bonne, aimante, charitable... Eh! mon Dieu, les bienfaits coûtent peu quand on est riche, et la bienveillance est facile aux heureux! Si j'étais à leur place, elles à la mienne, elles me haïraient, — comme je les hais! — On n'aime pas ses maîtres!... Ah! cela est horrible, ce que je vous dis, n'est-ce pas? Je le sais bien, et ce qui m'achève... Je sens mon abjection, j'en rougis... et je la garde! Hélas! vous allez me mépriser maintenant plus que jamais, monsieur... vous que j'aurais tant aimé si vous l'aviez souffert! vous qui pouviez me rendre tout ce que j'ai perdu, l'espérance, la paix, la bonté, l'estime de moi-même!... Ah! il y a eu un moment où je me suis crue sauvée... où j'ai eu pour la première fois une pensée de bonheur, d'avenir, de fierté... Malheureuse!...

Elle s'était emparée de mes deux mains; elle y plongea sa tête, au milieu de ses longues boucles flottantes, et pleura follement.

— Ma chère enfant, lui dis-je, je comprends mieux que personne les ennuis, les amertumes de votre condition, mais permettez-moi de vous dire que vous y ajoutez beaucoup en nourrissant dans votre cœur les tristes sentiments que vous venez de m'exprimer. Tout ceci est fort laid, je ne vous le cache pas, et vous finirez par mériter toute la rigueur de votre destinée; mais, voyons, votre imagination vous exagère singulièrement cette rigueur. Quant à présent, vous êtes traitée ici, quoi que vous en disiez, sur le pied d'une amie, et, dans l'avenir, je ne vois rien qui empêche que vous ne sortiez de cette maison, vous aussi, au bras d'un heureux époux. Pour moi, je vous serai toute ma vie reconnaissant de votre affection; mais, je veux vous le dire encore une fois pour en finir à jamais avec ce sujet, j'ai des devoirs auxquels j'appartiens, et je ne veux ni ne puis me marier.

Elle me regarda tout à coup.

— Même avec Marguerite? dit-elle

— Je ne vois pas ce que le nom de mademoiselle Marguerite vient faire ici.

Elle repoussa d'une main ses cheveux, qui inondaient son visage, et tendant l'autre vers moi par un geste de menace :

— Vous l'aimez! dit-elle d'une voix sourde, ou plutôt vous aimez sa dot; mais vous ne l'aurez pas!

— Mademoiselle Hélouin!

— Ah! reprit-elle, vous êtes passablement enfant si vous avez cru abuser une femme qui avait la folie de vous aimer. Je lis clairement dans vos manœuvres, allez! D'ailleurs je sais qui vous êtes... Je n'étais pas loin quand mademoiselle de Porhoët a transmis à madame Laroque votre politique confidence...

— Comment! vous écoutez aux portes, mademoiselle?

— Je me soucie peu de vos outrages.. D'ailleurs je me vengerai, et bientôt... Ah! vous êtes assurément fort habile, monsieur de Champcey! et je vous fais mon compliment... Vous avez joué à merveille le petit rôle de désintéressement et de réserve que votre ami Laubépin n'a pas manqué de vous recommander en vous envoyant ici... Il savait à qui vous aviez affaire... Il connaissait assez la ridicule manie de cette fille. Vous croyez déjà tenir votre proie, n'est-ce pas? De beaux millions. dont la source est plus ou moins pure, dit-on, mais qui seraient fort propres toutefois à recrépir un marquisat et à redorer un écusson... Eh! vous pouvez dès ce moment y renoncer... car je vous jure que vous ne garderez pas votre masque un jour de plus, et voici la main qui vous l'arrachera!

— Mademoiselle Hélouin, il est grandement temps de mettre fin à cette scène, car nous touchons au mélodrame. Vous m'avez fait beau jeu pour vous prévenir sur le terrain de la délation et de la calomnie; mais vous pouvez y descendre en pleine sécurité, car je vous donne ma parole que je ne vous y suivrai pas. Là-dessus, je suis votre serviteur.

Je quittai cette infortunée avec un profond sentiment de dégoût, mais aussi de pitié. Quoique j'eusse toujours soupçonné que l'organisation la mieux douée dût être, en proportion même de ses dons, irritée et faussée dans la situation équivoque et mortifiante qu'occupe ici mademoiselle Hélouin, mon imagination n'avait pu plonger jusqu'au fond de l'abîme plein de fiel qui venait de s'ouvrir sous mes yeux. Certes, — quand on y songe, — on ne peut guère concevoir un genre d'existence qui soumette une âme humaine à de plus venimeuses tentations, qui soit plus capable de développer et d'aiguiser dans le cœur les convoitises de l'envie, de soulever à chaque instant les révoltes de l'orgueil, d'exaspérer toutes les vanités et toutes les jalousies naturelles de la femme. Il n'y a pas à douter que le plus grand nombre des malheureuses filles que leur dénuement et leurs talents ont vouées à cet emploi, si honorable en soi, n'échappent par la modération de leurs sentiments, ou à l'aide de Dieu, par la fermeté de leurs principes, aux agitations déplorables dont mademoiselle Hélouin n'avait pas su se garantir; mais l'épreuve est redoutable. Quant à moi, la pensée m'était venue quelquefois que ma sœur pouvait être destinée par nos malheurs à entrer dans quelque riche famille en qualité d'institutrice : je fis serment alors, quelque avenir qui nous fût réservé, de partager plutôt avec Hélène dans la pauvre mansarde le pain le plus amer du travail, que de la laisser jamais s'asseoir au festin empoisonné de cette opulente et haineuse servilité.

Cependant, si j'avais la ferme détermination de laisser le champ libre à mademoiselle Hélouin, et de n'entrer, à aucun prix, de ma personne, dans les récriminations d'une lutte dégradante, je ne pouvais envisager sans inquiétude les conséquences probables de la guerre déloyale qui venait de m'être déclarée. J'étais évidemment menacé dans tout ce que j'ai de plus sensible, dans mon amour et dans mon honneur. Maîtresse du secret de mon cœur, mêlant avec l'habileté perfide de son sexe la vérité au mensonge, mademoiselle Hélouin pouvait aisément présenter ma conduite sous un jour suspect, tourner contre moi jusqu'aux précautions, jusqu'aux scrupules de ma délicatesse, et prêter à mes plus simples allures la couleur d'une intrigue préméditée. Il m'était impossible de savoir avec précision quel tour elle donnerait à sa malveillance; mais je me fiais à elle pour être assuré qu'elle ne se tromperait pas sur le choix des moyens. Elle connaissait mieux que personne les points faibles des imaginations qu'elle voulait frapper. Elle possédait sur l'esprit de mademoiselle Marguerite et sur celui de sa mère l'empire naturel de la dissimulation sur la franchise, de l'astuce sur la candeur; elle jouissait auprès d'elle de toute la confiance qui naît d'une longue habitude et d'une intimité quotidienne, et ses maîtres, pour employer son langage, n'avaient garde de soupçonner, sous les dehors d'enjouement gracieux et d'obséquieuse prévenance dont elle s'enveloppe avec un art consommé, la frénésie d'orgueil et d'ingratitude qui ronge cette âme misérable. Il était trop vraisemblable qu'une main aussi sûre et aussi savante verserait ses poisons avec plein succès dans des cœurs ainsi préparés. A la vérité, mademoiselle Hélouin pouvait craindre, en cédant à son ressentiment, de replacer la main de mademoiselle Marguerite dans celle de M. de Bévallan et de hâter un hymen qui serait la ruine de sa propre ambition; mais je savais que la haine d'une femme ne calcule rien, et qu'elle hasarde tout. Je m'attendais donc, de la part de celle-ci, à la plus prompte comme à la plus aveugle des vengeances, et j'avais raison.

Je passai dans une pénible anxiété les heures que j'avais vouées à de plus douces pensées. Tout ce que la dépendance peut avoir de plus poignant pour une âme fière, le soupçon de plus amer pour une conscience droite, le mépris de plus navrant pour un cœur qui aime, je le sentis. L'adversité, dans mes plus mauvais jours, ne m'avait jamais servi une coupe mieux remplie. J'essayai cependant de travailler comme de coutume. Vers cinq heures, je me rendis au château. Ces dames étaient rentrées dans l'après-midi. Je trouvai dans le salon mademoiselle Marguerite, madame Aubry et M. de Bévallan, avec deux ou trois hôtes de passage. Mademoiselle Marguerite parut ne pas s'apercevoir de ma présence : elle continua de s'entretenir avec M. de Bévallan sur un ton d'animation qui n'était pas ordinaire. Il était question d'un bal improvisé qui devait avoir lieu le soir même dans un château voisin. Elle devait s'y rendre avec sa mère, et elle pressait M. de Bévallan de les y accompagner : celui-ci s'en excusait, en alléguant qu'il était parti de chez lui le matin avant d'avoir reçu l'invitation, et que sa toilette n'était pas convenable. Mademoiselle Marguerite, insistant avec une coquetterie affectueuse et empressée dont son interlocuteur lui-même semblait surpris, lui dit qu'il avait certainement encore le temps de retourner chez lui, de s'habiller et de revenir les prendre. On lui garderait un bon petit dîner. M. de Bévallan objecta que tous ses chevaux de voiture étaient sur la litière, et qu'il ne pouvait revenir à cheval en toilette de bal.

— Eh bien, reprit mademoiselle Marguerite, on va vous conduire dans l'américaine.

En même temps elle dirigea pour la première fois ses yeux sur moi, et me couvrant d'un regard où je vis éclater la foudre :

— Monsieur Odiot, dit-elle d'une voix de bref commandement, allez dire qu'on attelle!

Cet ordre servile était si peu dans la

JE NE PUS ME RETIRER DEVANT L'ATTITUDE PROVOCANTE QU'AFFECTAIT ALORS M. DE BÉVALLAN.

mesure de ceux qu'on a coutume de m'adresser ici et qu'on peut me croire disposé à subir, que l'attention et la curiosité des plus indifférents en furent aussitôt éveillées. Il se fit un silence embarrassé : M. de Bévallan jeta un coup d'œil étonné sur mademoiselle Marguerite, puis il me regarda, prit un air grave et se leva. Si l'on s'attendait à quelque folle inspiration de colère, il y eut déception. Certes, les insultantes paroles qui venaient de tomber sur moi d'une bouche si belle, si aimée — et si barbare — avaient fait pénétrer le froid de la mort jusqu'aux sources profondes de ma vie, et je doute qu'une lame d'acier, se frayant passage à travers mon cœur, m'eût causé une pire sensation; mais jamais je ne fus si calme. Le timbre dont se sert habituellement madame Laroque pour appeler ses gens était sur une table à ma portée : j'y appuyai le doigt. Un domestique entra presque aussitôt.

— Je crois, lui dis-je, que mademoiselle Marguerite a des ordres à vous donner.

Sur ces mots qu'elle avait écoutés avec une sorte de stupeur, la jeune fille fit violemment de la tête un signe négatif et congédia le domestique. J'avais grande hâte de sortir de ce salon, où j'étouffais; mais je ne pus me retirer devant l'attitude provocante qu'affectait alors M. de Bévallan.

— Ma foi! murmura-t-il, voilà quelque chose d'assez particulier!

Je feignis de ne pas l'entendre. Mademoiselle Marguerite lui dit deux mots brusques à voix basse.

— Je m'incline, mademoiselle, reprit-il alors d'un ton plus élevé, qu'il me soit permis seulement d'exprimer le regret sincère que j'éprouve de n'avoir pas le droit d'intervenir ici.

Je me levai aussitôt.

— Monsieur de Bévallan, dis-je en me plaçant à deux pas de lui, ce regret est tout à fait superflu, car si je n'ai pas cru devoir obéir aux ordres de mademoiselle, je suis entièrement aux vôtres... et je vais les attendre.

— Fort bien, fort bien, monsieur; rien de mieux, répliqua M. de Bévallan en agitant la main avec grâce pour rassurer les femmes.

Nous nous saluâmes, et je sortis.

Je dînai solitairement dans ma tour, servi, suivant l'usage, par le pauvre Alain, que les rumeurs de l'antichambre avaient sans doute instruit de ce qui s'était passé, car il ne cessa d'attacher sur moi des regards lamentables, poussant par intervalles de profonds soupirs et observant, contre sa coutume, un silence morne. Seulement, sur ma demande, il m'apprit que ces dames avaient décidé qu'elles n'iraient pas au bal ce soir-là.

Mon bref repas terminé, je mis un peu d'ordre dans mes papiers et j'écrivis deux mots à M. Laubépin. A toutes prévisions, je lui recommandais Hélène. L'idée de l'abandon où je la laisserais en cas de malheur me navrait le cœur, sans ébranler le moins du monde mes immuables principes. Je puis m'abuser, mais j'ai toujours pensé que l'honneur, dans notre vie moderne, domine toute la hiérarchie des devoirs. Il supplée aujourd'hui à tant de vertus à demi effacées dans les consciences, à tant de croyances endormies, il joue, dans l'état de notre société, un rôle tellement tutélaire, qu'il n'entrera jamais dans mon esprit d'en affaiblir les droits, d'en subordonner les obligations. L'honneur, dans son caractère indéfini, est quelque chose de supérieur à la loi et à la morale; on ne les raisonne pas, on le sent. C'est une religion. Si nous n'avons plus la folie de la croix, gardons la folie de l'honneur!

Au surplus, il n'y a pas de sentiment profondément entré dans l'âme humaine qui ne soit, si l'on y pense, sanctionné par la raison. Mieux vaut, à tout risque, une fille ou une femme seule au monde que protégée par un frère ou par un mari déshonoré.

J'attendais d'un instant à l'autre un message de M. de Bévallan. Je m'apprêtais à me rendre chez le percepteur du bourg, qui est un jeune officier blessé en Crimée, et à réclamer son assistance, quand on heurta à ma porte. Ce fut M. de Bévallan lui-même qui entra. Son visage exprimait, avec une faible nuance d'embarras, une sorte de bonhommie ouverte et joyeuse.

— Monsieur, me dit-il pendant que je le considérais avec une assez vive surprise, voilà une démarche un peu irrégulière; mais, ma foi! j'ai des états de service qui mettent, Dieu merci, mon courage à l'abri du soupçon. D'autre part, j'ai lieu d'éprouver ce soir un contentement qui ne laisse aucune place chez moi à l'hostilité ou à la rancune. Enfin j'obéis à des ordres qui doivent m'être plus sacrés que jamais. Bref, je viens vous tendre la main.

Je le saluai avec gravité, et je pris sa main.

— Maintenant, ajouta-t-il en s'asseyant, me voilà fort à l'aise pour m'acquitter de mon ambassade. Mademoiselle Marguerite vous a tantôt, monsieur, dans un moment de distraction, donné quelques instructions qui assurément n'étaient pas de votre ressort. Votre susceptibilité s'en est émue très justement, nous le reconnaissons, et ces dames m'ont chargé de vous faire accepter leurs regrets. Elles seraient désespérées que ce malentendu d'un instant les privât de vos bons offices, dont elles apprécient toute la valeur, et rompît des relations auxquelles elles attachent un prix infini. Pour moi, monsieur, j'ai acquis ce soir, à ma grande joie, le droit de joindre mes instances à celles de ces dames : les vœux que je formais depuis longtemps viennent d'être agréés, et je vous serai personnellement obligé de ne pas mêler à tous les souvenirs heureux de cette soirée celui d'une séparation qui serait à la fois préjudiciable et douloureuse à la famille dans laquelle j'ai l'honneur d'entrer.

— Monsieur, lui dis-je, je ne puis qu'être très sensible aux témoignages que vous voulez bien me rendre au nom de ces dames et au vôtre. Vous me pardonnerez de n'y pas répondre immédiatement par une détermination formelle qui demanderait plus de liberté d'esprit que je n'en puis avoir encore.

— Vous me permettrez au moins, dit M. de Bévallan, d'emporter une bonne espérance... Voyons, monsieur, puisque l'occasion s'en présente, rompons donc à jamais l'ombre de glace qui a pu exister entre nous deux jusqu'ici. Pour mon compte, j'y suis très disposé. D'abord madame Laroque, sans se dénantir d'un secret qui ne lui appartient pas, ne m'a point laissé ignorer que les circonstances les plus honorables pour vous se cachent sous l'espèce de mystère dont vous vous entourez. Ensuite, je vous dois une reconnaissance particulière : je sais que vous avez été consulté récemment au sujet de mes prétentions à la main de mademoiselle Laroque, et que j'ai eu à me louer de votre appréciation.

— Mon Dieu, monsieur, je ne pense pas avoir mérité...

CE FUT M. DE BÉVALLAN LUI-MÊME QUI ENTRA.

— Oh! je sais, reprit-il en riant, que vous n'avez pas abondé follement dans mon sens: mais enfin vous n'avez pas nui. J'avoue même que vous avez fait preuve d'une sagacité réelle. Vous avez dit que si mademoiselle Marguerite ne devait pas être absolument heureuse avec moi, elle ne serait pas non plus malheureuse. Eh bien, le prophète Daniel n'aurait pas mieux dit. La vérité est que la chère enfant ne serait absolument heureuse avec personne, puisqu'elle ne trouverait pas dans le monde entier un mari qui lui parlât en vers du matin au soir... Il n'y en a pas! Je ne suis pas plus qu'un autre de ce calibre-là, j'en conviens; mais, — comme vous m'avez fait encore l'honneur de le dire, — je suis un galant homme. Véritablement, quand nous nous connaîtrons mieux, vous n'en douterez pas. Je ne suis pas un méchant diable; je suis un bon garçon... Mon Dieu! j'ai des défauts... j'en ai eu surtout! J'ai aimé les jolies femmes.. ça, je ne peux pas le nier! Mais quoi? c'est la preuve qu'on a un bon cœur. D'ailleurs me voilà au port... et même j'en suis ravi, parce que, — entre nous, — je commençais à me roussir un peu. Bref, je ne veux plus penser qu'à ma femme et à mes enfants. D'où je conclus avec vous que Marguerite sera parfaitement heureuse, c'est-à-dire autant qu'elle peut l'être en ce monde avec une tête comme la sienne : car enfin je serai charmant pour elle, je ne lui refuserai rien, j'irai même au-devant de tous ses désirs. Mais si elle me demande la lune et les étoiles, je ne peux pas aller les décrocher pour lui être agréable!... ça, c'est impossible!... Là-dessus, mon cher ami, votre main encore une fois.

Je la lui donnai. Il se leva.

— Là, j'espère que vous nous resterez, maintenant... Voyons, éclaircissez-moi un peu ce front-là... Nous vous ferons la vie aussi douce que possible mais il faut vous y prêter un peu, que diable! Vous vous complaisez dans votre tristesse... Vous vivez, passez-moi le mot, comme un vrai hibou. Vous êtes une sorte d'Espagnol comme on n'en voit pas!... Secouez-moi donc ça! Vous êtes jeune, beau garçon, vous avez de l'esprit et des talents, profitez un peu de toutes ces choses... Voyons, pourquoi ne feriez-vous pas un doigt de cour à la petite Hélouin? Cela vous amuserait... Elle est très gentille et elle irait très bien... Mais, diantre! j'oublie un peu ma promotion aux grandes dignités, moi!... Allons adieu, Maxime! et à demain, n'est-ce pas?..

— A demain, certainement.

Et ce galant homme, — qui est, lui, une sorte d'Espagnol comme on en voit beaucoup, — m'abandonna à mes réflexions.

1er octobre.

Un singulier événement! — Quoique les conséquences n'en soient pas jusqu'ici des plus heureuses, il m'a fait du bien. Après le rude coup qui m'avait frappé, j'étais demeuré comme engourdi de douleur. Ceci m'a rendu au moins le sentiment de la vie, et pour la première fois depuis trois longues semaines j'ai le courage d'ouvrir ces feuilles et de prendre la plume.

Toutes satisfactions m'étant données, je pensai que je n'avais plus aucune raison de quitter, brusquement du moins, une position et des avantages qui me sont après tout nécessaires, et dont j'aurais grand'peine à trouver l'équivalent du jour au lendemain. La perspective des souffrances tout à fait personnelles qui me restaient à affronter, et que je m'étais d'ailleurs attirées par ma faiblesse, ne pouvait m'autoriser à fuir des devoirs où mes intérêts ne sont pas seuls engagés. En outre, je n'entendais pas que mademoiselle Marguerite pût interpréter ma subite retraite par le dépit d'une belle partie perdue, et je me faisais un point d'honneur de lui montrer jusqu'au pied de l'autel un front impassible! quant au cœur, elle ne le verrait pas. — Bref, je me contentai d'écrire à M. Laubépin que certains côtés de ma situation pouvaient d'un instant à l'autre me devenir intolérables, et que j'ambitionnais avidement quelque emploi moins rétribué et plus indépendant.

Dès le lendemain, je me présentai au château, où M. de Bévallan m'accueillit avec cordialité. Je saluai ces dames avec tout le naturel dont je pus disposer. Il n'y eut, bien entendu, aucune explication. Madame Laroque me parut émue et pensive, mademoiselle Marguerite encore un peu vibrante, mais polie. Quant à mademoiselle Hélouin, elle était fort pâle et tenait les yeux baissés sur sa broderie. La pauvre fille n'avait pas à se féliciter extrêmement du résultat final de sa diplomatie. Elle essayait bien de temps en temps de lancer au triomphant M. de Bévallan un regard chargé de dédain et de menace; mais dans cette atmosphère orageuse, qui eût passablement inquiété un novice, M. de Bévallan respirait, circulait et voltigeait avec la plus parfaite aisance. Cet aplomb souverain irritait manifestement mademoiselle Hélouin : mais en même temps il la domptait. Toutefois, si elle n'eût risqué que de se perdre avec son complice, je ne doute pas qu'elle ne lui eût rendu immédiatement, et avec plus de raison, un service analogue à celui dont elle m'avait gratifié la veille; mais il était probable qu'en cédant à sa jalouse colère et en confessant son ingrate duplicité, elle se perdait seule, et elle avait toute l'intelligence nécessaire pour le comprendre. M. de Bévallan, en effet, n'était pas homme à s'être avancé vis-à-vis d'elle sans se réserver une garde sévère dont il userait avec un sang-froid impitoyable. Mademoiselle Hélouin pouvait se dire à la vérité qu'on avait ajouté foi la veille, sur sa seule parole, à des dénonciations autrement mensongères; mais elle n'était pas sans savoir qu'un mensonge qui flatte ou qui blesse le cœur trouve plus facilement créance qu'une vérité indifférente. Elle se résignait donc, non sans éprouver amèrement, je suppose, que l'arme de la trahison tourne quelquefois dans la main qui s'en sert.

Pendant ce jour et ceux qui le suivirent, je fus soumis à un genre de supplice que j'avais prévu, mais dont je n'avais pu calculer tous les poignants détails. Le mariage était fixé à un mois de là. On en dut faire sans retard et à la hâte tous les préparatifs Les bouquets de madame Prévost arrivèrent régulièrement chaque matin. Les dentelles, les étoffes, les bijoux affluèrent ensuite, et furent étalés chaque soir dans le salon sous les yeux des amies affairées et jalouses. Il fallut donner sur tout cela mes avis et mes conseils. Mademoiselle Marguerite les sollicitait avec une sorte d'affectation cruelle J'obéissais de bonne grâce; puis je rentrais dans ma tour, je prenais dans un tiroir secret le petit mouchoir déchiré que j'avais sauvé au péril de ma vie, et j'en essuyais mes yeux. Lâcheté encore! mais qu'y faire? Je l'aime! La perfidie, l'inimitié, des malentendus irréparables, soit! mais rien n'empêchera ce cœur de vivre et de mourir plein d'elle!

Quant à M. de Bévallan, je ne me sentais pas de haine contre lui il n'en mérite pas. C'est une âme vulgaire, mais inoffensive. Je pouvais, Dieu merci, sans hypocrisie recevoir les démonstrations de sa banale bienveillance, et mettre avec tranquillité ma main dans la sienne; mais si sa personnalité fruste échappait à ma haine, je n'en ressentais pas moins avec une angoisse profonde, déchirante, combien cet homme était indigne de la créature choisie qu'il posséderait bientôt, — qu'il ne connaîtrait jamais. Dire le flot de pensées amères, de sensations sans nom que soulevait en moi — qu'y soulève encore — l'image prochaine de cette odieuse mésalliance, je ne le pourrais ni ne l'oserais. L'amour véritable a quelque chose de sacré qui imprime un caractère plus qu'humain aux douleurs comme aux joies qu'il nous donne. Il y a dans la femme qu'on aime je ne sais quelle divinité dont il me semble qu'on ait seul le secret, qui n'appartient qu'à vous, et dont une main étrangère ne peut toucher le voile sans vous faire éprouver une horreur qui ne ressemble à aucune autre, — un frisson de sacrilège. Ce n'est pas seulement un bien précieux qu'on vous ravit, c'est un autel qu'on profane en vous, un mystère qu'on viole, un dieu qu'on outrage! Voilà la jalousie! Du moins, c'est la mienne. Très sincèrement, il me semblait que moi seul au monde j'avais des yeux, une intelligence, un cœur capables de voir, de comprendre et d'adorer dans toutes ses perfections la beauté de cet ange, qu'avec tout autre elle serait comme égarée et perdue, qu'elle m'était destinée à moi seul corps et âme de toute éternité! J'avais cet orgueil immense, assez expié par une immense douleur.

Cependant un démon railleur murmurait à mon oreille que, suivant toutes les prévisions de l'humaine sagesse, Marguerite trouverait plus de paix et de bonheur réel dans l'amitié tempérée du mari raisonnable qu'elle n'en eût rencontré dans la belle passion de l'époux romanesque. Est-ce donc vrai? est-ce donc possible? Moi, je ne le crois pas! — Elle aura la paix, soit; mais la paix, après tout, n'est pas le dernier mot de la vie, le symbole suprême du bonheur. S'il suffisait de ne pas souffrir et de se pétrifier le cœur pour être heureux, trop de gens le seraient qui ne le méritent pas. A force de raison et de prose, on finit par diffamer Dieu et dégrader son œuvre. Dieu donne la paix aux morts, la passion aux vivants! Oui, il y a dans la vie, à côté de la vulgarité des intérêts courants et quotidiens à laquelle je n'ai pas l'enfantillage de prétendre échapper, il y a une poésie permise — que dis-je? — commandée! C'est la part de l'âme douée d'immortalité. Il faut que cette âme se sente et se révèle quelquefois, fût-ce par des transports au delà du réel, par des aspirations au delà du possible, fût-ce par des orages ou par des larmes. Oui, il y a une souffrance qui vaut mieux que le bonheur, ou plutôt qui est le bonheur même, celle d'une créature vivante qui connaît tous les troubles du cœur et toutes les chimères de la pensée, et qui partage ces nobles tourments avec un cœur égal et une pensée fraternelle! Voilà le roman que chacun a le droit, et, pour dire tout, le devoir de mettre dans sa vie, s'il a le titre d'homme et s'il le veut justifier.

Au surplus, cette paix même tant vantée, la pauvre enfant ne l'aura pas. Que le mariage de deux cœurs inertes et de deux imaginations glacées engendre le repos du néant, je le veux bien; mais l'union de la vie et de la mort ne peut se soutenir sans une contrainte horrible et de perpétuels déchirements.

Au milieu de ces misères intimes dont chaque jour redoublait l'intensité, je ne trouvais un peu de secours qu'auprès de ma pauvre et vieille amie mademoiselle de Porhoët. Elle ignorait ou feignait d'ignorer l'état de mon cœur; mais, dans des allusions voilées, peut-être involontaires, elle posait légèrement sur mes plaies saignantes la main délicate et ingénieuse d'une femme. Il y a, d'ailleurs, dans cette âme, vivant emblème du sacrifice et de la résignation, et qui déjà semble flotter au-dessus de la terre, un détachement, un calme, une douce fermeté qui se répandaient sur moi. J'en arrivais à comprendre son innocente folie, et même à m'y associer avec une sorte de naïveté. Penché sur mon album, je me cloîtrais avec elle pendant de longues heures dans sa cathédrale, et j'y respirais un moment les vagues parfums d'une idéale sérénité.

J'allais encore chercher presque chaque jour dans le logis de la vieille demoiselle un autre genre de distraction. Il n'y a point de travail auquel l'habitude ne prête quelque charme. Pour ne pas laisser soupçonner à mademoiselle de Porhoët la perte définitive de son procès, je poursuivais régulièrement l'exploration de ses archives de famille. Je découvrais par intervalles — dans ce fouillis — des traditions, des légendes, des traits de mœurs qui éveillaient ma curiosité, et qui transportaient un moment mon imagination dans les temps passés, loin de l'accablante réalité. Mademoiselle de Porhoët, dont ma persévérance entretenait les illusions, m'en témoignait une gratitude que je méritais peu, car j'avais fini par prendre à cette étude, désormais sans utilité positive, un intérêt qui me payait de mes peines et qui faisait à mes chagrins une diversion salutaire.

Cependant, à mesure que le terme fatal approchait, mademoiselle Marguerite perdait la vivacité fébrile dont elle avait paru animée depuis le jour où le mariage avait été définitivement arrêté. Elle retombait, du moins par instants, dans son attitude autrefois familière d'indolence passive et de sombre rêverie. Je surpris même une ou deux fois ses regards attachés sur moi avec une sorte de perplexité extraordinaire. Madame Laroque, de son côté, me regardait souvent avec un air d'inquiétude et d'indécision, comme si elle eût désiré et redouté en même temps d'aborder avec moi quelque pénible sujet d'entretien. Avant-hier, le hasard fit que je me trouvai seul avec elle dans le salon, mademoiselle Hélouin étant sortie brusquement pour donner un ordre. La conversation indifférente dans laquelle nous étions engagés cessa aussitôt comme par un accord secret.

Après un court silence :

— Monsieur, me dit madame Laroque d'un accent pénétré, vous placez bien mal vos confidences!

— Mes confidences, madame! Je ne puis vous comprendre. A part mademoiselle de Porhoët, personne ici n'a reçu de moi l'ombre d'une confidence.

— Hélas! reprit-elle, je veux le croire... je le crois... mais ce n'est pas assez!...

Au même instant, mademoiselle Hélouin rentra, et tout fut dit.

Le lendemain, — c'était hier, — j'étais parti à cheval dès le matin pour surveiller quelques coupes de bois dans les environs. Vers quatre heures du soir, je revenais dans la direction du château, quand, à un brusque détour du chemin, je me trouvai subitement face à face avec mademoiselle Marguerite. Elle était seule. Je me disposais à passer en la saluant; mais elle arrêta son cheval.

Pendant que nous courions, je cherchais à me rendre compte de cette fantaisie inattendue, qui ne laissait pas de paraître un peu préméditée. Je supposais

PENDANT QUE NOUS COURIONS...

que le temps et la réflexion avaient pu atténuer dans l'esprit de mademoiselle Marguerite l'impression première des calomnies dont on l'avait troublé. Apparemment elle avait fini par concevoir quelques doutes sur la véracité de mademoiselle Hélouin, et elle s'était entendue avec le hasard pour m'offrir, sous une forme déguisée, une sorte de réparation qui pouvait m'être due.

— Un beau jour d'automne, monsieur, me dit-elle.

— Oui, mademoiselle. Vous vous promenez?

— Comme vous voyez. J'use de mes derniers moments d'indépendance, et même j'en abuse, car je me sens un peu embarrassée de ma solitude... Mais Alain était nécessaire là-bas... Mon pauvre Mervyn est boiteux... Vous ne voulez pas le remplacer, par hasard?

— Avec plaisir. Où allez-vous?

— Mais... j'avais presque l'idée de pousser jusqu'à la tour d'Elven.

Elle me désignait du bout de sa cravache un sommet brumeux qui s'élevait à droite de la route.

— Je crois, ajouta-t-elle, que vous n'avez jamais fait ce pèlerinage.

— C'est vrai. Il m'a souvent tenté, mais je l'ai ajourné jusqu'ici, je ne sais pourquoi.

— Eh bien, cela se trouve parfaitement, mais il est déjà tard, il faut nous hâter un peu, s'il vous plaît.

Je tournai bride, et nous partîmes au galop.

Au milieu des préoccupations qui m'assiégeaient alors, j'attachais une faible importance au but particulier que nous nous proposions dans cette étrange promenade. Cependant j'avais souvent entendu citer autour de moi cette tour d'Elven comme une des ruines les plus intéressantes du pays, et jamais je n'avais parcouru une des deux routes qui, de Rennes ou de Josselin, se dirigent vers la mer, sans contempler d'un œil avide cette masse indécise qu'on voit pointer au milieu des landes lointaines comme une énorme pierre levée; mais le temps et l'occasion m'avaient manqué.

Le village d'Elven, que nous traversâmes en ralentissant un peu notre allure donne une représentation vraiment saisissante de ce que pouvait être un bourg du moyen âge. La forme des maisons basses et sombres n'a pas changé depuis cinq ou six siècles. On croit rêver quand on voit, à travers les larges baies cintrées et sans châssis qui tiennent lieu de fenêtres, ces groupes de femmes à l'œil sauvage, au costume sculptural, qui filent leur quenouille dans l'ombre, et s'entretiennent à voix basse dans une langue inconnue. Il semble que tous ces spectres grisâtres viennent de quitter leurs dalles tumulaires pour exécuter entre eux quelque scène d'un autre âge dont vous êtes le seul témoin vivant. Cela cause une sorte d'oppression. Le peu de vie qui se communique autour de vous dans l'unique rue du bourg porte le même caractère d'archaïsme et d'étrangeté fidèlement retenu d'un monde évanoui.

A peu de distance d'Elven, nous prîmes un chemin de traverse qui nous conduisit sur le sommet d'une colline aride. De là nous aperçûmes distinctement, quoique à une assez grande distance encore, le colosse féodal dominant en face de nous une hauteur boisée. La lande où nous nous trouvions s'abaissait par une pente assez raide vers des prairies marécageuses encadrées dans d'épais taillis. Nous en descendîmes le revers, et nous fûmes bientôt engagés dans les bois. Nous suivions alors une étroite chaussée dont le pavé disjoint et raboteux a dû résonner sous le pied des chevaux bardés de fer. J'avais cessé depuis longtemps de voir la tour d'Elven, dont je ne pouvais même plus conjecturer l'emplacement, quand elle se dégagea soudain de la feuillée et se dressa à deux pas de nous avec la soudaineté d'une apparition. Cette tour n'est pas ruinée : elle conserve aujourd'hui toute sa hauteur primitive, qui dépasse cent pieds, et les assises irrégulières de granit qui en composent le magnifique appareil octogonal lui donnent l'aspect d'un bloc formidable taillé d'hier par le plus pur ciseau. Rien de plus imposant, de plus fier et de plus sombre que ce vieux donjon impassible au milieu des temps et isolé dans l'épaisseur de ces bois.

LA TOUR D'ELVEN.

NOUS ENTREPRIMES L'ASCENSION

Des arbres ont poussé de toute leur taille dans les douves profondes qui l'environnent, et leur faîte touche à peine l'ouverture des fenêtres les plus basses. Cette végétation gigantesque, dans laquelle se perd confusément la base de l'édifice, achève de lui prêter une couleur de fantastique mystère. Dans cette solitude, au milieu de ces forêts, en face de cette masse d'architecture bizarre qui surgit tout à coup, il est impossible de ne pas songer à ces tours enchantées où de belles princesses dorment un sommeil séculaire.

— Jusqu'à ce jour, me dit mademoiselle Marguerite, à qui j'essayais de communiquer cette impression, voici tout ce que j'en ai vu; mais, si vous tenez à réveiller la princesse, nous pouvons entrer. Autant que je le puis savoir, il y a toujours dans ces environs un berger ou une bergère qui est muni — ou munie — de la clef. Attachons nos chevaux là, et mettons-nous à la recherche, vous du berger, et moi de la bergère.

Les chevaux furent parqués dans un petit enclos voisin de la ruine, et nous nous séparâmes un moment, mademoiselle Marguerite et moi, pour faire une sorte de battue dans les environs. Nous eûmes le regret de ne rencontrer ni berger ni bergère. Notre désir de visiter l'intérieur de la tour s'accrut alors naturellement de tout l'attrait du fruit défendu, et nous franchîmes à l'aventure un pont jeté sur les fossés. A notre vive satisfaction, la porte massive du donjon n'était point fermée : nous n'eûmes qu'à la pousser pour pénétrer dans un réduit étroit, obscur et encombré de débris, qui pouvait autrefois tenir lieu de corps de garde; de là nous passâmes dans une vaste salle à peu près circulaire, dont la cheminée montre encore sur son écusson les besans de la croisade; une large fenêtre, ouverte en face de nous, et que traverse la croix symbolique nettement découpée dans la pierre éclairait pleinement la région inférieure de cette enceinte, tandis que l'œil se perdait dans l'ombre incertaine des hautes voûtes effondrées. Au bruit de nos pas, une troupe d'oiseaux invisibles s'envola de cette obscurité, et secoua sur nos têtes la poussière des siècles. En montant sur les bancs de granit qui sont disposés de chaque côté du mur en forme de gradins, dans l'embrasure de la fenêtre, nous pûmes jeter un coup d'œil au dehors sur la profondeur des fossés et sur les parties ruinées de la forteresse; mais nous avions remarqué dès notre entrée les premiers degrés d'un escalier pratiqué dans l'épaisseur de la muraille, et nous éprouvions une hâte enfantine de pousser plus avant nos découvertes. Nous entreprîmes l'ascension; j'ouvris la marche, et mademoiselle Marguerite me suivit bravement, se tirant de ses longues jupes comme elle pouvait. Du haut de la plate-forme, la vue est immense et délicieuse. Les douces teintes du crépuscule estompaient en ce moment même l'océan de feuillage à demi doré par l'automne, les sombres marais, les pelouses verdoyantes, les horizons aux pentes entre-croisées, qui se mêlaient et se succédaient sous nos yeux jusqu'à l'extrême lointain. En face de ce paysage gracieux, triste et infini, nous sentions la paix de la solitude, le silence du soir, la mélancolie des temps passés, descendre à la fois, comme un charme puissant, dans nos esprits et dans nos cœurs. Cette heure de contemplation commune, d'émotions partagées, de profonde et pure volupté, était sans doute la dernière qu'il dût m'être donné de vivre près d'elle et avec elle, et je m'y attachais avec une violence de sensibilité presque douloureuse. Pour Marguerite, je ne sais ce qui se passait en elle : elle s'était assise sur le rebord du parapet, elle regardait au loin, et se taisait. Je n'entendais que le souffle un peu précipité de son haleine.

Je ne pourrais dire combien d'instants s'écoulèrent ainsi. Quand les vapeurs s'épaissirent au-dessus des prairies basses et que les derniers horizons commencèrent à s'effacer dans l'ombre croissante, Marguerite se leva.

— Allons, dit-elle à demi-voix et comme si un rideau fût tombé sur quelque spectacle regretté, c'est fini!

Puis elle commença à descendre l'escalier, et je la suivis.

Quand nous voulûmes sortir du donjon, grande fut notre surprise d'en trouver la porte fermée. Apparemment le jeune gardien, ignorant notre présence, avait tourné la clef pendant que nous étions sur la plate-forme. Notre première impression fut celle de la gaieté. La tour était définitivement une tour enchantée. Je fis quel-

MON DIEU! QUE C'EST ODIEUX! REPRIT-ELLE.

ques efforts vigoureux pour rompre l'enchantement; mais le pêne énorme de la vieille serrure était solidement arrêté dans le granit, et je dus renoncer à le dégager. Je tournai alors mes attaques contre la porte elle-même; mais les gonds massifs et les panneaux de chêne plaqués de fer m'opposèrent la résistance la plus invincible. Deux ou trois moellons que je pris dans les décombres et que je lançai contre l'obstacle, ne parvinrent qu'à ébranler la voûte et à en détacher quelques fragments qui vinrent tomber à nos pieds. Mademoiselle Marguerite ne voulut pas me laisser poursuivre une entreprise évidemment sans espoir et qui n'était pas sans danger. Je courus alors à la fenêtre, et je poussai quelques cris d'appel auxquels personne ne répondit. Durant une dizaine de minutes, je les renouvelai d'instant en instant avec le même insuccès. En même temps nous profitions à la hâte des dernières lueurs du jour pour explorer minutieusement tout l'intérieur du donjon; mais, à part cette porte, qui était comme murée pour nous, et la grande fenêtre qu'un abîme de près de trente pieds séparait du fond des fossés, nous ne pûmes découvrir aucune issue.

Cependant la nuit achevait de tomber sur la campagne, et les ténèbres avaient envahi la vieille tour. Quelques reflets de lune pénétraient seulement dans le retrait de la fenêtre et blanchissaient obliquement la pierre des gradins. Mademoiselle Marguerite, qui avait perdu peu à peu toute apparence d'enjouement, cessa même de répondre aux conjectures plus ou moins vraisemblables par lesquelles j'essayais de tromper encore ses inquiétudes. Pendant qu'elle se tenait dans l'ombre, silencieuse et immobile, j'étais assis en pleine clarté sur le degré le plus rapproché de la fenêtre : de là je tentais encore par intervalles un appel de détresse; mais, pour être vrai, à mesure que la réussite de mes efforts devenait plus incertaine, je me sentais gagner par un sentiment d'allégresse irrésistible. Je voyais en effet se réaliser pour moi tout à coup le rêve le plus éternel et le plus impossible des amants : j'étais enfermé au fond d'un désert et dans la plus étroite solitude avec la femme que j'aimais! Pour de longues heures, il n'y avait plus qu'elle et moi au monde, que sa vie et la mienne! Je songeais à tous les témoignages de douce protection, de tendre respect que j'allais avoir le droit, le devoir de lui prodiguer; je me représentais ses terreurs calmées, sa confiance, son sommeil; je me disais avec un ravissement profond que cette nuit fortunée, si elle ne pouvait me donner l'amour de cette chère créature, allait du moins m'assurer pour jamais sa plus inébranlable estime.

Comme je m'abandonnais avec tout l'égoïsme de la passion à ma secrète extase, dont quelque reflet peut-être se peignait sur mon visage, je fus réveillé tout à coup par ces paroles qui m'étaient adressées d'une voix sourde et sur un ton de tranquillité affectée.

— Monsieur le marquis de Champcey, y a-t-il eu beaucoup de lâches dans votre famille avant vous?

Je me soulevai, et je retombai aussitôt sur le banc de pierre, attachant un regard stupide sur les ténèbres où j'entrevoyais vaguement le fantôme de la jeune fille. Une seule idée me vint, une idée terrible, c'était que la peur et le chagrin lui troublaient le cerveau, — qu'elle devenait folle.

— Marguerite! m'écriai-je, sans savoir même que je parlais.

Ce mot acheva sans doute de l'irriter.

— Mon Dieu! que c'est odieux! reprit-elle. Que c'est lâche! oui, je le répète, lâche!

La vérité commençait à luire dans mon esprit. Je descendis un des degrés.

— Eh! qu'est-ce qu'il y a donc? dis-je froidement.

— C'est vous, répliqua-t-elle avec une brusque véhémence, c'est vous qui avez payé cet homme, ou cet enfant, — je ne sais, pour nous emprisonner dans cette misérable tour! Demain, je serai perdue... déshonorée dans l'opinion... et je ne pourrai plus appartenir qu'à vous!... Voilà votre calcul, n'est-ce pas? Mais celui-là, je vous l'atteste, ne vous réussira pas mieux que les autres. Vous me connaissez encore bien imparfaitement, si vous croyez que je ne préférerai pas le déshonneur, le cloître, la mort, tout, à l'abjection de lier ma main, — ma vie à la vôtre!... Et quand cette ruse infâme vous eût réussi, quand j'aurais eu la faiblesse, — que certes, je n'aurai pas, — de vous donner ma personne, — et, ce qui vous importe davan-

UN ABIME DE PRÈS DE TRENTE PIEDS.

tage, ma fortune, — en échange de ces beau trait de politique, — quelle espèce d'homme êtes-vous donc? Voyons, de quelle fange êtes-vous fait pour vouloir d'une richesse et d'une femme acquises à ce prix-là! Ah! remerciez-moi encore, monsieur, de ne pas céder à vos vœux. Vos vœux sont imprudents, croyez-moi; car si jamais la honte et la risée publique me jetaient dans vos bras, j'aurais tant de mépris pour vous, que j'en écraserais votre cœur! Oui, fût-il aussi dur, aussi glacé que ces pierres, j'en tirerais du sang... j'en ferais sortir des larmes!

— Mademoiselle, dis-je avec tout le calme que je pus trouver, je vous supplie de revenir à vous, à la raison. Je vous atteste sur l'honneur que vous me faites outrage. Veuillez y réfléchir. Vos soupçons ne reposent sur aucune vraisemblance. Je n'ai pu préparer en aucune façon la perfidie dont vous m'accusez, et quand je l'aurais pu enfin, comment vous ai-je jamais donné le droit de m'en croire capable?

— Tout ce que je sais de vous me donne ce droit, s'écria-t-elle en coupant l'air de sa cravache. Il faut bien que je vous dise une fois ce que j'ai dans l'âme depuis trop longtemps. Qu'êtes-vous venu faire dans notre maison, sous un nom, sous un caractère empruntés?... Nous étions heureuses, nous étions tranquilles, ma mère et moi... Vous nous avez apporté un trouble, un désordre, des chagrins que nous ne connaissions pas. Pour atteindre votre but, pour réparer les brèches de votre fortune, vous avez usurpé notre confiance... vous avez fait litière de notre repos... vous avez joué avec nos sentiments les plus purs, les plus vrais, les plus sacrés... vous avez froissé et brisé nos cœurs sans pitié. Voilà ce que vous avez fait... ou voulu faire, peu importe! Eh bien, je suis profondément lasse et ulcérée de tout cela, je vous le dis! Et quand, à cette heure, vous venez m'offrir en gage votre honneur de gentilhomme, qui vous a permis déjà tant de choses indignes, certes j'ai le droit de n'y pas croire, — et je n'y crois pas!

J'étais hors de moi; je saisis ses deux mains dans un transport de violence qui la domina :

— Marguerite! ma pauvre enfant... écoutez bien! Je vous aime, cela est vrai, et jamais amour plus ardent, plus désintéressé, plus saint n'entra dans le cœur d'un homme!... Mais vous aussi, vous m'aimez... Vous m'aimez, malheureuse! et vous me tuez!... Vous parlez de cœur froissé et brisé... Ah! que faites-vous donc du mien?... Mais il vous appartient, je vous l'abandonne... Quant à mon honneur, je le garde... il est entier!... et avant peu je vous forcerai bien de le reconnaître... Et sur cet honneur je vous fais serment que si je meurs, vous me pleurerez, que si je vis, jamais, — tout adorée que vous êtes, — fussiez-vous à deux genoux devant moi, — jamais je ne vous épouserai, que vous ne soyez aussi pauvre que moi ou moi aussi riche que vous! Et maintenant priez, priez: demandez à Dieu des miracles, il en est temps.

Je la repoussai alors brusquement loin de l'embrasure, et je m'élançai sur les gradins supérieurs : j'avais conçu un projet désespéré que j'exécutai aussitôt avec la précipitation d'une démence véritable. Ainsi que je l'ai dit, la cime des hêtres et des chênes qui poussent dans les fossés de la tour s'élevait au niveau de la fenêtre. A l'aide de ma cravache ployée, j'attirai à moi l'extrémité des branches les plus proches, je les embrassai au hasard, et je me laissai aller dans le vide. J'entendis au-dessus de ma tête mon nom : « Maxime! » proféré soudain avec un cri déchirant. — Les branches auxquelles je m'étais attaché se courbèrent de toute leur longueur vers l'abîme; puis il y eut un craquement sinistre, elles éclatèrent sous mon poids, et je tombai rudement sur le sol.

Je pense que la nature fangeuse du terrain amortit la violence du choc, car je me sentis vivant, quoique blessé. Un de mes bras avait porté sur le talus maçonné de la douve, j'y éprouvai une douleur tellement aiguë que le cœur me défaillit. J'eus un court étourdissement. — J'en fus réveillé par la voix éperdue de Marguerite :

— Maxime! Maxime! criait-elle, par grâce, par pitié! au nom du bon Dieu, parlez-moi! pardonnez-moi!

Je me levai, et je la vis dans la baie de la fenêtre au milieu d'une auréole de pâle lumière, la tête nue, les cheveux tombants, la main crispée sur la barre de la croix, les yeux ardemment fixés sur le sombre précipice.

— Ne craignez rien, lui dis-je. Je n'ai

aucun mal. Prenez seulement patience une heure ou deux. Donnez-moi le temps d'aller jusqu'au château, c'est le plus sûr. Soyez certaine que je vous garderai le secret et que je sauverai votre honneur comme je viens de sauver le mien.

Je sortis péniblement des fossés et j'allai prendre mon cheval. Je me servis de mon mouchoir pour suspendre et fixer mon bras gauche, qui ne m'était plus d'aucun usage, et qui me faisait beaucoup souffrir. Grâce à la clarté de la nuit, je retrouvai aisément ma route. Une heure plus tard, j'arrivais au château. On me dit que le docteur Desmarets était dans le salon. Je me hâtai de m'y rendre, et j'y trouvai avec lui une douzaine de personnes dont la contenance accusait un état de préoccupation et d'alarme.

— Docteur, dis-je gaiement en entrant, mon cheval vient d'avoir peur de son ombre, il m'a jeté bas sur la route et je crains d'avoir le bras gauche foulé. Voulez-vous voir?

— Comment, foulé? dit M. Desmarets après qu'il eut détaché le mouchoir; mais vous avez le bras parfaitement cassé, mon pauvre garçon!

Madame Laroque poussa un faible cri et s'approcha de moi.

— Mais c'est donc une soirée de malheur? dit-elle.

Je feignis la surprise.

— Qu'y a-t-il encore? m'écriai-je.

— Mon Dieu! j'ai peur qu'il ne soit arrivé quelque accident à ma fille. Elle est sortie à cheval vers trois heures, il en est huit, et elle n'est pas encore rentrée!

PARLEZ-MOI! PARDONNEZ MOI!

— Mademoiselle Marguerite! mais je l'ai rencontrée...

— Comment! où? à quel moment?... Pardon, monsieur, c'est l'égoïsme d'une mère.

— Mais je l'ai rencontrée vers cinq heures sur la route. Nous nous sommes croisés. Elle m'a dit qu'elle comptait pousser sa promenade jusqu'à la tour d'Elven.

— A la tour d'Elven! Elle se sera égarée dans les bois. Il faut y aller promptement... Qu'on donne des ordres!

M. de Bévallan commanda aussitôt des chevaux. J'affectai d'abord de vouloir me joindre à la cavalcade; mais madame Laroque et le docteur me le défendirent énergiquement, et je me laissai persuader sans peine de gagner mon lit, dont, à dire vrai, j'avais grand besoin. M. Desmarets, après avoir appliqué un premier pansement sur mon bras blessé, monta en voiture avec madame Laroque, qui allait attendre au bourg d'Elven le résultat des perquisitions que M. de Bévallan devait diriger dans les environs de la tour.

Il était dix heures environ, quand Alain vint m'annoncer que mademoiselle Marguerite était retrouvée. Il me conta l'histoire de son emprisonnement, sans omettre aucun détail, sauf, bien entendu, ceux que la jeune fille et moi devions seuls connaître. L'aventure me fut confirmée bientôt par le docteur, puis par madame Laroque elle-même, qui vinrent successivement me rendre visite, et j'eus la satisfaction de voir qu'il n'était entré dans les esprits aucun soupçon de ce qui était arrivé.

J'ai passé toute ma nuit à renouveler avec la plus fatigante persévérance, et au milieu des bizarres complications du rêve et de la fièvre, mon saut dangereux du haut de la fenêtre du donjon. Je ne m'y habituais pas. A chaque instant, la sensation du vide me montait à la gorge, et je me réveillais tout haletant. Enfin le jour est arrivé et m'a calmé. Dès huit heures, j'ai vu entrer mademoiselle de Porhoët, qui s'est installée près de mon chevet, son tricot à la main. Elle a fait les honneurs de ma chambre aux visiteurs qui se sont succédé tout le jour : madame Laroque est venue la première après ma vieille amie. Comme elle serrait avec une pression prolongée la main que je lui tendais, j'ai vu deux larmes glisser sur ses joues. A-t-elle donc reçu les confidences de sa fille?

Mademoiselle de Porhoët m'a appris que le vieux M. Laroque est alité depuis hier. Il a eu une légère attaque de paralysie. Aujourd'hui il ne parle plus, et son état donne des inquiétudes. On a résolu de hâter le mariage. M. Laubépin a été mandé de Paris; on l'attend demain et le contrat sera signé le jour suivant, sous sa présidence.

J'ai pu me tenir levé ce soir pendant quelques heures; mais si j'en crois M. Desmarets, j'ai eu tort d'écrire avec ma fièvre, et je suis une grande bête.

3 octobre.

Il semble véritablement qu'une puissance maligne prenne à tâche d'inventer les épreuves les plus singulières et les plus cruelles pour les proposer tour à tour à ma conscience et à mon cœur!

M. Laubépin n'étant pas arrivé ce matin, madame Laroque m'a fait demander quelques renseignements dont elle avait besoin pour arrêter les bases préalables du contrat, lequel, ainsi que je l'ai dit, doit être signé demain. Comme je suis condamné à garder ma chambre quelques jours encore, j'ai prié madame Laroque de m'envoyer les titres et les documents particuliers qui sont en la possession de son beau-père, et qui m'étaient indispensables pour résoudre les difficultés qu'on me signalait. On m'a fait remettre aussitôt deux ou trois tiroirs remplis de papiers qu'on avait enlevés secrètement du cabinet de M. Laroque en profitant d'une heure où le vieillard était endormi, car il s'est toujours montré très jaloux de ses archives secrètes. Dans la première pièce qui m'est tombée sous la main, mon nom de famille plusieurs fois répété a brusquement saisi mes yeux et a sollicité ma curiosité avec une irrésistible puissance. Voici le texte littéral de cette pièce :

A MES ENFANTS

« Le nom que je vous lègue, et que j'ai honoré n'est pas le mien. Mon père se nommait Savage. Il était régisseur d'une plantation considérable sise dans l'île, française alors, de Sainte-Lucie, et appartenant à une riche et noble famille du Dauphiné, celle des Champcey d'Hauterive. En 1793, mon père mourut, et j'héritai, quoique bien jeune encore, de la confiance que les Champcey avaient mise en lui. Vers la fin de cette année funeste, les Antilles françaises furent prises par les Anglais, ou leur furent livrées par les colons insurgents. Le marquis de Champcey d'Hauterive (Jacques-Auguste), que les ordres de la Convention n'avaient pas encore atteint, commandait alors la frégate *la Thétis*, qui croisait depuis trois ans dans ces mers. Un assez grand nombre des colons français répandus dans les Antilles étaient parvenus à réaliser leur fortune, chaque jour menacée. Ils s'étaient entendus avec le commandant de Champcey pour organiser une flottille de légers transports sur laquelle ils avaient fait passer leurs biens et qui devait entreprendre de se rapatrier sous la protection des canons de la *Thétis*. Dès longtemps, en prévision de désastres imminents, j'avais reçu moi-même l'ordre et le pouvoir de vendre à tout prix la plantation que j'administrais après mon père. Dans la nuit du 14 novembre 1793, je montais seul dans un canot à la pointe du Morne-au-Sable, et je quittais furtivement Sainte-Lucie, déjà occupée par l'ennemi. J'emportais en papier anglais et en guinées le prix que j'avais pu retirer de la plantation. M. de Champcey, grâce à la connaissance minutieuse qu'il avait acquise de ces parages, avait pu tromper la croisière anglaise et se réfugier dans la passe difficile et inconnue du Gros-Ilet. Il m'avait ordonné de l'y rallier cette nuit même, et il n'attendait que mon arrivée à bord pour sortir de cette passe avec la flottille qu'il escortait et mettre le cap sur France. Dans le trajet, j'eus le malheur de tomber aux mains des Anglais. Ces maîtres en trahison me donnèrent le choix d'être fusillé sur-le-champ ou de leur vendre, moyennant le million dont j'étais porteur et qu'ils m'abandonnaient, le secret de la passe où s'abritait la flottille. J'étais jeune... La tentation fut trop forte... Une demi-heure plus tard la *Thétis* était coulée, la flottille capturée et M. de Champcey grièvement blessé!.. Une année se passa, une année sans sommeil... Je devenais fou... Je résolus de faire payer à l'Anglais maudit les remords qui me déchiraient. Je passai à la Guadeloupe : je changeai de nom; je consacrai la plus grande partie du prix de mon forfait à l'achat d'un brick armé, et je courus sus aux Anglais. J'ai lavé pendant quinze ans dans leur sang et dans le mien la tache que j'avais faite dans une heure de faiblesse au pavillon de mon pays. Bien que ma fortune actuelle ait été acquise pour plus des trois quarts dans de glorieux combats, l'origine n'en reste pas moins ce que j'ai dit.

» Revenu en France dans ma vieillesse, je m'informai de la situation des Champcey d'Hauterive : elle était heureuse et opulente. Je continuai de me taire. Que mes enfants me pardonnent! Je n'ai pu trouver le courage, tant que j'ai vécu, de rougir devant eux; mais ma mort doit leur livrer ce secret, dont ils useront suivant les inspirations de leur conscience. Pour moi, je n'ai plus qu'une prière à leur adresser : il y aura tôt ou tard une guerre finale entre la France et sa voisine d'en face; nous nous haïssons trop : on aura beau faire, il faudra que nous les mangions ou qu'ils nous mangent! Si cette guerre éclatait du vivant de mes enfants ou de mes petits-enfants, je désire qu'ils fassent don à l'État d'une corvette armée et équipée, à la seule condition qu'elle se nommera la *Savage*, et qu'un Breton la commandera. A chaque bordée qu'elle enverra sur la rive carthaginoise, mes os tressailliront d'aise dans ma tombe!

» RICHARD SAVAGE, DIT LAROQUE. »

Les souvenirs que réveilla soudain dans mon esprit la lecture de cette confession effroyable m'en confirmèrent l'exactitude. J'avais entendu conter vingt fois par mon père, avec un mélange de fierté et d'amertume, le trait de la vie de mon aïeul auquel il était fait allusion. Seulement on croyait dans ma famille que Richard Savage, dont le nom m'était parfaitement présent, avait été la victime et non le promoteur de la trahison ou du hasard qui avait livré le commandant de la *Thétis*.

Je m'expliquai dès ce moment les singularités qui m'avaient souvent frappé dans le caractère du vieux marin, et en particulier son attitude pensive et timide vis-à-vis de moi. Mon père m'avait toujours dit que j'étais le vivant portrait de mon aïeul, le marquis Jacques, et sans doute quelques lueurs de cette ressemblance pénétraient de temps à autre, à travers les nuages de son cerveau, jusqu'à la conscience troublée du vieillard.

A peine maître de cette révélation, je tombai dans une horrible perplexité. Je ne pouvais, pour mon compte, éprouver qu'une faible rancune contre cet infortuné, chez lequel les défaillances du sens moral avaient été rachetées par une longue vie de repentir et par une passion de désespoir et de haine qui ne manquait point de grandeur. Je ne pouvais même respirer sans une sorte d'admiration le souffle sauvage qui animait les lignes tracées par cette main coupable, mais héroïque. Cependant que devais-je faire de ce terrible secret? Ce qui me saisit tout d'abord, ce fut la pensée qu'il détruisait tout obstacle entre Marguerite et moi, que désormais cette fortune qui nous avait séparés devait être entre nous un lien presque obligatoire, puisque moi seul au monde je pouvais la légitimer en la partageant. A la vérité, ce secret n'était point le mien, et quoique le plus innocent des hasards m'en eût instruit, la stricte probité exigeait peut-être que je le laissasse arriver à son heure entre les mains auxquelles il était destiné. mais quoi! en attendant ce moment, l'irréparable allait s'accomplir! Des nœuds indissolubles allaient être serrés! La pierre du tombeau allait tomber pour jamais sur mon amour, sur mes espérances, sur mon cœur inconsolable! Et je le souffrirais quand je pouvais l'empêcher d'un seul mot! Et ces pauvres femmes, elles-mêmes, le jour où la fatale vérité viendrait rougir leurs fronts, partageraient peut-être mes regrets, mon désespoir!

Elles me crieraient les premières :

— Ah! si vous le saviez, que n'avez-vous parlé!

Eh bien, non! ni aujourd'hui, ni demain, ni jamais, s'il ne tient qu'à moi, la honte ne rougira ces deux nobles fronts. Je n'achèterai point mon bonheur au prix de leur humiliation. Ce secret qui n'appartient qu'à moi, que ce vieillard, muet désormais pour toujours, ne peut plus trahir lui-même, ce secret n'est plus : la flamme l'a dévoré.

J'y ai bien pensé. Je sais ce que j'ai osé faire. C'était là un testament, un acte sacré, et je l'ai détruit. De plus il ne devait pas profiter à moi seul. Ma sœur qui m'est confiée, y pouvait trouver une fortune, et sans son avis je l'ai replongée de ma main dans la pauvreté. Je sais tout cela, mais deux âmes pures, élevées et fières ne seront pas écrasées et flétries sous le fardeau d'un crime qui leur fut étranger. Il y avait là un principe d'équité qui m'a paru supérieur à toute justice littérale. Si j'ai commis un crime à mon tour, j'en répondrai!... Mais cette lutte m'a broyé, je n'en puis plus!

4 octobre.

M. Laubépin était enfin arrivé hier dans la soirée. Il vint me serrer la main. Il était préoccupé, brusque et mécontent. Il me parla brièvement du mariage qui se préparait.

— Opération fort heureuse, dit-il, combinaison fort louable à tous égards, où la nature et la société trouvent à la fois les garanties qu'elles ont droit d'exiger en pareille occurrence. Sur quoi, jeune homme, je vous souhaite une bonne nuit, et je vais m'occuper de déblayer le terrain délicat des conventions préliminaires, afin que le char de cet hymen intéressant arrive au but sans cahots.

On se réunissait dans le salon aujourd'hui à une heure de l'après-midi, au milieu de l'appareil et du concours accoutumés, pour procéder à la signature du contrat. Je ne pouvais assister à cette fête, et j'ai béni ma blessure qui m'en épargnait le supplice. J'écrivais à ma petite Hélène, à qui je m'efforce plus que jamais de vouer mon âme entière, quand, vers trois heures, M. Laubépin et mademoiselle de Porhoët sont entrés dans ma chambre. M. Laubépin, dans ses fréquents voyages à Laroque, ne pouvait manquer d'apprécier les vertus de ma vénérable amie, et il s'est formé dès longtemps entre ces deux vieillards un attachement platonique et respectueux dont le docteur Desmarets s'évertue vainement à dénaturer le caractère. Après un échange de cérémonies, de saluts et de révérences interminables, ils ont pris les siéges que je leur avançais, et tous deux se sont mis à me considérer avec un air de grave béatitude.

— Eh bien! ai-je dit, c'est terminé?

— C'est terminé! ont-ils répondu à l'unisson.

— Cela s'est bien passé?

— Très bien! a dit mademoiselle de Porhoët.

— A merveille! a ajouté M. Laubépin. Puis, après une pause : — Le Bévallan est au diable!

— Et la jeune Hélouin sur la même route, a repris mademoiselle de Porhoët.

J'ai poussé un cri de surprise :

— Bon Dieu! qu'est-ce que c'est que tout cela?

— Mon ami, a dit M. Laubépin, l'union projetée présentait tous les avantages désirables, et elle aurait assuré, à n'en point douter, le bonheur commun des conjoints, si le mariage était une association purement commerciale; mais il n'en est point ainsi. Mon devoir, lorsque mon concours a été réclamé dans cette circonstance intéressante, était donc de consulter le penchant des cœurs et la convenance des caractères, non moins que la proportion des fortunes. Or j'ai cru observer dès l'abord que l'hymen qui se préparait avait l'inconvénient de ne plaire proprement à personne, ni à mon excellente amie madame Laroque, ni à l'aimable fiancée, ni aux amis les plus éclairés de ces dames, à personne enfin, si ce n'est peut-être au fiancé, dont je me souciais très médiocrement. Il est vrai (je dois cette remarque à mademoiselle de Porhoët), il est vrai, dis-je, que le fiancé est gentilhomme...

— *Gentleman*, s'il vous plaît, a interrompu mademoiselle de Porhoët d'un accent sévère.

— *Gentleman*, a repris M. Laubépin, acceptant l'amendement; mais c'est une espèce de *gentleman* qui ne me va pas.

— Ni à moi, a dit mademoiselle de Porhoët. Ce sont des drôles de cette espèce, des palefreniers sans mœurs comme celui-ci, que nous vîmes, au siècle dernier, sous la conduite de monsieur le duc de Chartres d'alors, sortir des écuries anglaises pour préluder à la Révolution.

JE TOMBAI DANS UNE HORRIBLE PERPLEXITÉ.

— Oh! s'ils n'avaient fait que préluder à la Révolution, dit sentencieusement M. Laubépin, on leur pardonnerait.

— Je vous demande un million d'excuses, mon cher monsieur; mais parlez pour vous! Au reste, il ne s'agit pas de cela; veuillez continuer.

— Donc, a repris M. Laubépin, voyant qu'on allait généralement à cette noce comme à un convoi mortuaire, je cherchai quelque moyen à la fois honorable et légal, sinon de rendre à monsieur de Bévallan sa parole, du moins de l'engager à la reprendre. Le procédé était d'autant plus licite, qu'en mon absence monsieur de Bévallan avait abusé de l'inexpérience de mon excellente amie madame Laroque et de la mollesse de mon confrère du bourg voisin, pour se faire assurer des avantages exorbitants. Sans m'écarter de la lettre des conventions, je réussis à en modifier sensiblement l'esprit. Toutefois l'honneur et la parole donnée m'imposaient des limites que je ne pus franchir. Le contrat, malgré tout, restait encore suffisamment avantageux pour qu'un homme doué de quelque hauteur d'âme et animé d'une véritable tendresse pour la future pût l'accepter avec confiance. Monsieur de Bévallan serait-il cet homme? Nous dûmes en courir la chance. Je vous avoue que je n'étais pas sans émotion lorsque j'ai commencé ce matin, en face d'un imposant auditoire, la lecture de cet acte irrévocable.

— Pour moi, a interrompu mademoiselle de Porhoët, je n'avais plus une goutte de sang dans les veines. La première partie du contrat faisait même une part si belle à l'ennemi, que j'ai cru tout perdu.

— Sans doute, mademoiselle; mais, comme nous le disons entre augures, c'est dans la queue qu'est le venin, *in cauda venenum*! Il était plaisant, mon ami, de voir la mine de monsieur de Bévallan et celle de mon confrère de Rennes qui l'assistait, lorsque je suis venu brusquement à démasquer mes batteries. Ils se sont d'abord regardés en silence, puis ils ont chuchoté entre eux, enfin ils se sont levés, et, s'approchant de la table devant laquelle je siégeais, ils m'ont demandé à voix basse des explications.

» — Parlez haut, s'il vous plaît, messieurs, leur ai-je dit : il ne faut point de mystères ici. Que voulez-vous.

» Le public commençait à prêter l'oreille. Monsieur de Bévallan, sans hausser la voix, m'a insinué que ce contrat était une œuvre de méfiance.

» — Une œuvre de méfiance, monsieur! ai-je repris du ton le plus élevé de mon organe. Que prétendez-vous dire par là? Est-ce contre madame Laroque, contre moi, ou contre mon confrère ici présent, que vous dirigez cette étrange imputation?

» — Chut! silence! point de bruit! a dit alors le notaire de Rennes de l'accent le plus discret; mais, voyons : il était convenu d'abord que le régime dotal serait écarté...

» — Le régime dotal, monsieur? Et où voyez-vous qu'il soit question ici du régime dotal?

» — Allons, mon confrère, vous savez bien que vous le rétablissez par un subterfuge!

» — Subterfuge, mon confrère? Permettez-moi, comme à votre ancien, de vous engager à rayer ce mot de votre vocabulaire!

» — Mais enfin, a murmuré M. de Bévallan, on me lie les mains de tous côtés; on me traite comme un petit garçon.

» — Comment, monsieur? Que faisons-nous donc ici à cette heure, selon vous? est-ce un contrat ou un testament? Vous oubliez que madame Laroque est vivante, que monsieur son père est vivant, que vous vous mariez, monsieur, que vous n'héritez pas... pas encore, monsieur! un peu de patience! que diable!

» Sur ces mots, mademoiselle Marguerite s'est levée.

» — En voilà assez, a-t-elle dit. Monsieur Laubépin, jetez ce contrat au feu. Ma mère, faites rendre à Monsieur ses présents.

» Puis elle est sortie d'un pas de reine outragée. Madame Laroque l'a suivie. En même temps je lançais le contrat dans la cheminée.

» — Monsieur, m'a dit alors M. de Bévallan d'un ton menaçant, il y a là une manœuvre dont j'aurai le secret.

EST-CE UN CONTRAT OU UN TESTAMENT

» — Monsieur, je vais vous le dire, ai-je répondu. Une jeune personne qui s'estime elle-même avec une juste fierté avait conçu la crainte que votre recherche ne s'adressât à sa fortune; elle a voulu s'en assurer : elle n'en doute plus. J'ai l'honneur de vous saluer.

» Là-dessus, mon ami, je suis allé retrouver ces dames, qui m'ont, ma foi! sauté au cou. Un quart d'heure après, M. de Bévallan quittait le château avec mon confrère de Rennes. Son départ et sa disgrâce ont eu pour effet inévitable de déchaîner contre lui toutes les langues des domestiques, et son imprudente intrigue avec mademoiselle Hélouin a bientôt éclaté. La jeune demoiselle, déjà suspecte à d'autres titres depuis quelque temps, a demandé son congé, et on ne le lui a pas refusé. Il est inutile d'ajouter que ces dames lui assurent une existence honorable... Eh bien, mon garçon, qu'est-ce que vous dites de tout cela? Est-ce que vous souffrez davantage? Vous êtes pâle comme un mort...

La vérité est que ces nouvelles inattendues avaient soulevé en moi tant d'émotions à la fois heureuses et pénibles, que je me sentais près de perdre connaissance.

M. Laubépin, qui doit repartir demain dès l'aurore, est revenu ce soir m'adresser ses adieux. Après quelques paroles embarrassées de part et d'autre :

— Ah çà! mon cher enfant, m'a-t-il dit, je ne vous interroge pas sur ce qui se passe ici : mais si vous aviez besoin par hasard d'un confident et d'un conseiller, je vous demanderais la préférence.

Je ne pouvais, en effet, m'épancher dans un cœur plus ami, ni plus sûr. J'ai fait au digne vieillard un récit détaillé de toutes les circonstances qui ont marqué, depuis mon arrivée au château, mes relations particulières avec mademoiselle Marguerite. Je lui ai même lu quelques pages de ce journal pour mieux lui préciser l'état de ces relations, et aussi l'état de mon âme. A part enfin le secret que j'avais découvert la veille dans les archives de M. Laroque, je ne lui ai rien caché.

Quand j'ai eu terminé, M. Laubépin, dont le front était devenu très soucieux depuis un moment, a repris la parole :

— Il est inutile de vous dissimuler, mon ami, m'a-t-il dit, qu'en vous envoyant ici, je préméditais de vous unir avec mademoiselle Laroque. Tout a réussi d'abord au gré de mes vœux. Vos deux cœurs, qui, selon moi, sont dignes l'un de l'autre, n'ont pu se rapprocher sans s'entendre; mais ce bizarre événement, dont la tour d'Elven a été le théâtre romantique, me déconcerte tout à fait, je vous l'avoue. Que diantre! mon jeune ami, sauter par la fenêtre, au risque de vous casser le cou, c'était, permettez-moi de vous le dire, une démonstration très suffisante de votre désintéressement; il était très superflu de joindre à cette démarche honorable et délicate le serment solennel de ne jamais épouser cette pauvre enfant à moins d'éventualités qu'il est absolument impossible d'espérer. Je me vante d'être homme de ressources, — mais je me reconnais entièrement incapable de vous donner deux cent mille francs de rente ou de les ôter à mademoiselle Laroque!

— Eh bien, monsieur, conseillez-moi. J'ai confiance en vous plus qu'en moi-même, car je sens que la mauvaise fortune, toujours exposée au soupçon, a pu irriter chez moi jusqu'à l'excès les susceptibilités de l'honneur. Parlez. M'engagez-vous à oublier le serment indiscret, mais solennel pourtant, qui en ce moment me sépare seul, je le crois, du bonheur que vous aviez rêvé pour votre fils d'adoption?

M. Laubépin s'est levé; ses épais sourcils se sont abaissés sur ses yeux, il a parcouru la chambre à grands pas pendant quelques minutes; puis, s'arrêtant devant moi et me saisissant la main avec force :

— Jeune homme, m'a-t-il dit, il est vrai, je vous aime comme mon enfant; mais, dût votre cœur se briser, et le mien avec le vôtre, je ne transigerai pas avec mes principes. Il vaut mieux outrepasser l'honneur que de rester en deçà : en matière de serments, tous ceux qui ne nous sont pas demandés sous la pointe d'un couteau ou à la bouche d'un pistolet, il ne faut pas les faire, ou il faut les tenir. Voilà mon avis.

C'est aussi le mien. Je partirai demain avec vous.

— Non, Maxime, demeurez encore quelque temps ici... Je ne crois pas aux miracles, mais je crois à Dieu, qui souffre rarement que nous périssions par nos vertus. Donnons un délai à la Providence... Je sais que je vous demande un grand effort de courage, mais je le réclame formellement de votre amitié. Si dans un mois vous n'avez point reçu de mes nouvelles, eh bien, vous partirez.

Il m'a embrassé, et m'a laissé la conscience tranquille, l'âme désolée.

Cependant il fallut lui répondre sur le ton d'une politesse glacée. Elle me regarda

ELLE ÉTAIT SEULE DANS LE SALON.

12 octobre.

Il y a deux jours, j'ai pu sortir de ma retraite et me rendre au château. Je n'avais pas vu mademoiselle Marguerite depuis l'instant de notre séparation dans la tour d'Elven. Elle était seule dans le salon quand j'y entrai : en me reconnaissant, elle fit un mouvement involontaire comme pour se lever; puis elle resta immobile, et son visage se teignit soudain d'une pourpre ardente. Cela fut contagieux, car je sentis que je rougissais moi-même jusqu'au front.

— Comment allez-vous, monsieur? me dit-elle en me tendant la main.

Et elle prononça ces simples paroles d'un ton de voix si doux, si humble, — hélas, si tendre, — que j'aurais voulu me mettre à deux genoux devant elle.

douloureusement, puis elle baissa ses grands yeux d'un air de résignation et reprit son travail.

Presque au même instant, sa mère la fit appeler auprès de son grand-père, dont l'état devenait très alarmant. Depuis plusieurs jours, il avait perdu la voix et le mouvement : la paralysie l'avait envahi presque tout entier. Les dernières lueurs de la vie intellectuelle s'étaient éteintes; la sensibilité persistait seule avec la souffrance. On ne pouvait douter que la fin du vieillard ne fût proche; mais la vie avait pris trop fortement possession de ce cœur énergique pour s'en détacher sans une lutte obstinée. Le docteur avait prédit que l'agonie serait longue. Cependant, dès la première apparition du danger, madame Laroque et sa fille avaient prodigué leurs forces et leurs veilles avec l'abnégation passionnée et l'entrain de dévouement qui sont la vertu spéciale et la gloire de leur sexe. Avant-hier, dans la soirée, elles succombaient à la lassitude et à la fièvre; nous nous offrîmes, M. Desmarets et moi, pour les suppléer auprès de M. Laroque pendant la nuit qui commençait. Elles consentirent à prendre quelques heures de repos. Le docteur, très fatigué lui-même, ne tarda pas à m'annoncer qu'il allait se jeter sur un lit dans la pièce voisine.

— Je ne suis bon à rien ici, me dit il; l'affaire est faite. Vous voyez, il ne souffre même plus, le pauvre bonhomme!... C'est un état de léthargie qui n'a rien de désagréable... Le réveil sera la mort... Ainsi on peut être tranquille. Si vous remarquez quelque changement, vous m'appellerez; mais je ne crois pas que ce soit avant demain. Je crève de sommeil, moi, en attendant!

Il fit entendre un bâillement sonore, et sortit. Son langage, sa tenue en face de ce mourant, m'avaient choqué. C'est pourtant un excellent homme; mais, pour rendre à la mort le respect qui lui est dû, il ne faut pas voir seulement la matière brute qu'elle dissout, il faut croire au principe immortel qu'elle dégage.

Demeuré seul dans la chambre funèbre, je m'assis vers le pied du lit, dont on avait relevé les rideaux, et j'essayai de lire à la clarté d'une lampe qui était posée près de moi sur une petite table. Le livre me tomba des mains : je ne pouvais penser qu'à la singulière combinaison d'événements qui, après tant d'années, donnait à ce vieillard coupable le petit-fils de sa victime pour témoin et pour protecteur de son dernier sommeil. Puis, au milieu du calme protecteur de l'heure et du lieu, j'évoquais malgré moi les scènes de tumulte et de violences sanguinaires dont avait été remplie cette existence qui finissait. J'en recherchais l'impression lointaine sur le visage de cet agonisant séculaire, sur ces grands traits dont le pâle relief se dessinait dans l'ombre comme celui d'un masque de plâtre. Je n'y voyais que la gravité et le repos prématuré de la tombe. Par intervalles, je m'approchais du chevet, pour m'assurer que le souffle vital soulevait encore la poitrine affaissée.

Enfin, vers le milieu de la nuit, une torpeur irrésistible me gagna, et je m'endormis, le front appuyé sur ma main. Tout à coup je fus réveillé par je ne sais quels froissements lugubres; je levai les yeux, et je sentis passer un frisson dans la moelle de mes os. Le vieillard s'était dressé à demi dans son lit, et il tenait fixé sur moi un regard attentif, étonné, où brillait l'expression d'une vie et d'une intelligence qui jusqu'à cet instant m'avaient été étrangères. Quand mon œil rencontra le sien, le spectre tressaillit; il étendit ses bras en croix, et me dit d'une voix suppliante, dont le timbre étrange, inconnu, suspendit le mouvement de mon cœur :

— Monsieur le marquis, pardonnez-moi!

Je voulus me lever, je voulus parler, ce fut en vain. J'étais pétrifié dans mon fauteuil.

Après un silence pendant lequel le regard du mourant, toujours enchaîné au mien, n'avait cessé de m'implorer :

— Monsieur le marquis, reprit-il, daignez me pardonner!

Je trouvai enfin la force d'aller vers lui. A mesure que j'approchais, il se retirait péniblement en arrière, comme pour échapper à un contact effrayant. Je levai une main, et l'abaissant doucement devant ses yeux démesurément ouverts et éperdus de terreur :

— Soyez en paix! lui dis-je, je vous pardonne!

Je n'eus pas achevé ces mots, que sa figure flétrie s'illumina d'un éclair de joie et de jeunesse. En même temps deux larmes jaillissaient de ses orbites desséchées. Il étendit une main vers moi, puis tout à coup cette main se ferma violemment et se raidit dans l'espace par un geste menaçant; je vis ses yeux rouler entre ses paupières dilatées, comme si une balle l'eût frappé au cœur.

— Oh! l'Anglais! murmura-t-il.

Il retomba aussitôt sur l'oreiller comme une masse inerte. Il était mort.

J'appelai à la hâte : on accourut. Il fut bientôt entouré de pieuses larmes et de prières. Pour moi, je me retirai, l'âme profondément troublée par cette scène extraordinaire, qui devait demeurer à jamais un secret entre ce mort et moi.

Ce triste événement de famille a fait aussitôt peser sur moi des soins et des devoirs dont j'avais besoin pour justifier à mes propres yeux la prolongation de mon séjour dans cette maison. Il m'est impossible de concevoir en vertu de quels motifs dû ployer un esprit de cette trempe, et auxquelles j'ai eu tort moi-même de me soumettre. Comment n'a-t-il pas compris

MONSIEUR LE MARQUIS, REPRIT-IL, DAIGNEZ ME PARDONNER!

M. Laubépin m'a conseillé de différer mon départ. Que peut-il espérer de ce délai? Il me semble qu'il a cédé en cette circonstance à une sorte de vague superstition et de faiblesse puérile qui n'auraient jamais qu'il m'imposait, avec un surcroît de souffrance inutile, un rôle sans franchise et sans dignité? Que fais-je ici désormais? N'est-ce pas maintenant qu'on pourrait me reprocher à bon droit de jouer avec des sentiments sacrés? Ma première entrevue avec mademoiselle Marguerite avait suffi pour me révéler toute la rigueur, toute l'impossibilité de l'épreuve à laquelle je m'étais condamné, quand la mort de M. Laroque est venue rendre pour quelque temps à mes relations un peu de naturel, et à mon séjour une sorte de bienséance.

26 octobre. — Rennes.

Tout est dit. — Mon Dieu! que ce lien était fort, comme il enveloppait tout mon cœur! comme il l'a déchiré en se brisant!

Hier soir, à neuf heures environ, comme j'étais accoudé sur ma fenêtre ouverte, je fus surpris de voir une faible lumière s'approcher de mon logis à travers les allées sombres du parc, et dans une direction que les gens du château n'avaient pas coutume de suivre. Un instant après, on frappa à ma porte, et mademoiselle de Porhoët entra tout haletante.

— Cousin, me dit-elle, j'ai affaire à vous.

Je la regardai en face.

— Il y a un malheur? dis-je.

— Non, ce n'est pas exactement cela. Vous allez du reste en juger. Asseyez-vous. . Mon cher enfant, vous avez passé deux ou trois soirées au château dans le courant de cette semaine : n'avez-vous rien observé de nouveau, de singulier dans l'attitude de ces dames?

— Rien.

— N'avez-vous pas au moins remarqué dans leur physionomie une sorte de sérénité inaccoutumée?

— Peut-être, oui. A part la mélancolie de leur deuil récent, elles m'ont semblé plus calmes, et même plus heureuses, qu'autrefois.

— Sans doute. D'autres particularités vous auraient frappé, si vous aviez, comme moi, vécu depuis quinze jours dans leur intimité quotidienne. Ainsi j'ai souvent surpris entre elles les signes d'une intelligence secrète, d'une mystérieuse complicité. De plus leurs habitudes se sont sensiblement modifiées. Madame Laroque a mis de côté son *brasero*, sa guérite et toutes ses innocentes manies de créole; elle se lève à des heures fabuleuses, et s'installe dès l'aurore avec Marguerite devant la table de travail. Toutes deux se sont prises d'un goût passionné pour la broderie, et s'informent de l'argent qu'une femme peut gagner chaque jour avec ce genre d'ouvrage. Bref, il y avait là une énigme dont je m'évertuais vainement à chercher le nom. Ce mot vient de m'être révélé, et, quitte à entrer dans vos secrets plus avant qu'il ne vous convient, j'ai cru devoir vous le transmettre sans retard.

Sur les protestations d'absolue confiance que je m'empressai de lui adresser, mademoiselle de Porhoët continua, dans son langage doux et ferme :

— Madame Aubry est venue me trouver ce soir en catimini; elle a débuté par me jeter ses vilains bras autour du cou, ce qui m'a fort déplu ; à travers mille jérémiades personnelles que je vous épargne, elle m'a suppliée d'arrêter ses parentes sur le bord de leur ruine Voici ce qu'elle a appris en écoutant aux portes, suivant sa gracieuse habitude : Ces dames sollicitent en ce moment l'autorisation d'abandonner tous leurs biens à une congrégation de Rennes afin de supprimer entre Marguerite et vous l'inégalité de fortune qui vous sépare. Ne pouvant vous faire riche, elles se font pauvres. Il m'a semblé impossible, mon cousin, de vous laisser ignorer cette détermination, également digne de ces deux âmes généreuses et de ces deux têtes chimériques. Vous m'excuserez d'ajouter que votre devoir est de rompre ce dessein à tout prix. Quels repentirs il prépare infailliblement à nos amies, de quelle responsabilité terrible il vous menace, c'est ce qu'il est inutile de vous dire : vous le comprenez aussi bien que moi à vue de pays. Si vous pouviez, mon ami, accepter dès cette heure la main de Marguerite, cela finirait tout le mieux du monde; mais vous êtes lié à cet égard par un engagement qui, tout aveugle, tout imprudent qu'il ait été, n'en est pas moins obligatoire pour votre honneur. Il ne vous reste donc qu'un parti à prendre : c'est de quitter ce pays sans délai et de couper pied résolument à toutes les espérances que votre présence ici a pour effet inévitable d'entretenir. Quand vous ne serez plus là, il me sera plus facile de ramener ces deux enfants à la raison.

— Eh bien, je suis prêt; je vais partir cette nuit même.

— C'est bien, reprit-elle. Quand je vous donne ce conseil, mon ami, j'obéis moi-même à une loi d'honneur bien rigoureuse. Vous charmiez les derniers instants de ma longue solitude : les plus doux attachements de la vie, perdus pour moi depuis tant d'années, vous m'en aviez rendu l'illusion. En vous éloignant, je fais mon dernier sacrifice : il est immense.

Elle se leva et me regarda un moment sans parler.

— On n'embrasse pas les jeunes gens à mon âge, reprit-elle, en souriant tristement, on les bénit. Adieu, cher enfant, et merci. Que le bon Dieu vous soit en aide!

Je baisai ses mains tremblantes, et elle me quitta avec précipitation.

Je fis à la hâte mes apprêts de départ, puis j'écrivis quelques lignes à madame Laroque. Je la suppliais de renoncer à une résolution dont elle n'avait pu mesurer la portée, et dont j'étais fermement déterminé, pour ma part, à ne point me rendre complice. Je lui donnais ma parole, — et elle savait qu'on pouvait y compter, — que je n'accepterais jamais mon bonheur au prix de sa ruine. En terminant, pour la mieux détourner de son projet insensé, je lui parlais vaguement d'un avenir prochain où je feignais d'entrevoir des chances de fortune.

A minuit, quand tout fut endormi, je dis adieu, un adieu cruel, à ma retraite, à cette vieille tour où j'avais tant souffert, — où j'avais tant aimé! — et je me glissai dans le château par une porte dérobée dont on m'avait confié la clef. Je traversai furtivement, comme un criminel, les galeries vides et sonores, me guidant de mon mieux dans les ténèbres; j'arrivai enfin dans le salon où je l'avais vue pour la première fois. Elle et sa mère l'avaient quitté depuis une heure à peine; leur présence récente s'y trahissait encore par un parfum doux et tiède dont je fus subitement enivré. Je cherchai, je touchai la corbeille où sa main avait replacé, peu d'instant auparavant, sa broderie commencée... Hélas, mon pauvre cœur!

Je tombai à genoux devant la place qu'elle occupe, et là, le front battant contre le marbre, je pleurai, je sanglotai comme un enfant... Dieu! que je l'aimais!

Je profitai des dernières heures de la nuit pour me faire conduire secrètement dans la petite ville voisine, — où j'ai pris ce matin la voiture de Rennes.

JE SANGLOTAI COMME UN ENFANT.

Demain soir, je serai à Paris. Pauvreté, solitude, désespoir, — que j'y avais laissés je vais vous retrouver! Dernier rêve de jeunesse, — rêve du ciel, adieu!

Paris.

Le lendemain, dans la matinée, comme j'allais me rendre au chemin de fer, une voiture de poste était dans la cour de l'hôtel, et j'en vis descendre le vieil Alain.

Son visage s'éclaira quand il m'aperçut.

— Ah! monsieur, quel bonheur! vous n'êtes point parti! voici une lettre pour vous.

Je reconnus l'écriture de Laubépin. Il me disait en deux lignes que mademoiselle de Porhoët était gravement malade, et qu'elle me demandait. Je ne pris que le temps de faire changer les chevaux, et je me jetai dans la chaise, après avoir décidé Alain, non sans peine, à y prendre place en face de moi. Je le pressai alors de questions. Je lui fis répéter la nouvelle qu'il m'apprit, et qui me semblait inconcevable.

Mademoiselle de Porhoët avait reçu la veille des mains de Laubépin, un pli ministériel qui lui annonçait qu'elle était mise en pleine et en entière possession de l'héritage de ses parents d'Espagne.

— Et il paraît, ajoutait Alain, qu'elle le doit à monsieur, qui a découvert dans le colombier de vieux papiers auxquels personne ne songeait, et qui ont prouvé le bon droit de la vieille demoiselle. Je ne sais pas ce qu'il y a de vrai là-dedans; mais, si ça est dommage, me suis-je dit, que cette respectable personne se soit mis en tête ses idées de cathédrale, et qu'elle n'en veuille pas démordre... Car, notez qu'elle y tient plus que jamais, monsieur... D'abord, au reçu de la nouvelle, elle est tombée raide sur le parquet, et on l'a crue morte; mais, une heure après, elle s'est mise à parler sans fin ni trêve de sa cathé-

JE RECONNUS L'ÉCRITURE DE LAUBÉPIN.

drale, du chœur et de la nef, du chapitre et des chanoines, de l'aile nord et l'aile sud, si bien que, pour la calmer, il a fallu lui amener un architecte et des maçons, et mettre sur son lit tous les plans de son maudit édifice. Enfin, après trois heures de conversation là-dessus, elle s'est un peu assoupie; puis, en se réveillant, elle a demandé à voir monsieur... monsieur le marquis (Alain s'inclina en fermant les yeux), et on m'a fait courir après lui. Il paraît qu'elle veut consulter monsieur sur le jubé.

Cet étrange événement me jeta dans

une profonde surprise. Cependant, à l'aide de mes souvenirs et des détails confus qui m'étaient donnés par Alain, je parvins à en trouver une explication que des renseignements plus positifs devaient bientôt me confirmer. Comme je l'ai dit, l'affaire de la succession de la branche espagnole des Porhoët avait traversé deux phases. Il y avait eu d'abord entre mademoiselle de Porhoët et une grande maison de Castille un long procès que ma vieille amie avait fini par perdre en dernier ressort; puis un nouveau procès, dans lequel mademoiselle de Porhoët n'était pas même en cause, s'était élevé, au sujet de la même succession, entre les héritiers espagnols et la couronne, qui prétendait que les biens lui étaient dévolus par droit d'aubaine.

Sur ces entrefaites, — tout en poursuivant mes recherches dans les archives des Porhoët, — j'avais mis la main, deux mois environ avant mon départ du château, sur une pièce singulière dont je reproduis ici le texte littéral

« Don Philippe, par la grâce de Dieu, roi de Castille, de Léon, d'Aragon, des Deux-Siciles, de Jérusalem, de Navarre, de Grenade, de Tolède, de Valence, de Galice, de Maïorque, de Séville, de Sardaigne, de Cordoue, de Cadix, de Murcie, de Jaën, des Algarves, d'Algésiras, de Gibraltar, des îles Canaries, des Indes orientales et occidentales, îles et terres fermes de l'Océan, archiduc d'Autriche, duc de Bourgogne, de Brabant et de Milan, comte d'Habsbourg, de Flandre, du Tyrol et de Barcelone, seigneur de la Biscaye et de Molina, etc.

» A toi, Hervé Jean Jocelyn, sieur de Porhoët-Gaël, comte de Torre Nuevas, etc., qui m'as suivi dans mes royaumes et servi avec une fidélité exemplaire, je promets par faveur spéciale qu'en cas d'extinction de ta descendance directe et légitime, les biens de ta maison retourneront, même au détriment des droits de ma couronne, aux descendants directs et légitimes de la branche française des Porhoët-Gaël, tant qu'il en existera.

» Et je prends cet engagement pour moi et mes successeurs sur ma foi et parole de roi.

» Donné à l'Escurial, le 10 avril 1716.

» YO EL REY. »

A côté de cette pièce, qui n'était qu'une copie traduite, j'avais trouvé le texte original aux armes d'Espagne. L'importance de ce document ne m'avait pas échappé, mais j'avais craint de me l'exagérer. Je doutais grandement que la validité d'un titre, sur lequel tant d'années et d'événements avaient passé, fût admise par le gouvernement espagnol : je doutais même qu'il eût le pouvoir d'y faire droit, quand il en aurait la volonté. Je m'étais donc décidé à laisser ignorer à mademoiselle de Porhoët une découverte dont les conséquences me paraissaient très problématiques, et je m'étais borné à expédier le titre à M. Laubépin. N'en recevant aucune nouvelle, je n'avais pas tardé à l'oublier au milieu des soucis personnels qui m'accablaient alors. Cependant, contrairement à mon injuste défiance, le gouvernement espagnol n'avait pas hésité à dégager la parole du roi Philippe V, et, au moment même où un arrêt suprême venait d'attribuer à la couronne la succession immense des Porhoët, il la restituait noblement à l'héritier légitime.

Il était neuf heures du soir quand je descendis de voiture devant le seuil de l'humble maisonnette où cette fortune presque royale venait d'entrer si tardivement. La petite servante vint m'ouvrir. Elle pleurait.

J'entendis aussitôt sur le haut de l'escalier la voix grave de M. Laubépin qui dit :

— C'est lui!

Je gravis les degrés à la hâte. Le vieillard me serra la main fortement et m'introduisit, sans prononcer une parole, dans la chambre de mademoiselle de Porhoët. Le médecin et le curé du bourg se tenaient silencieusement dans l'ombre d'une fenêtre. Madame Laroque était agenouillée sur une chaise près du lit; sa fille, debout près du chevet, soutenait les oreillers sur lesquels reposait la tête pâle de ma pauvre vieille amie. Lorsque la malade m'aperçut, un faible sourire passa sur ses traits, profondément altérés; elle dégagea péniblement un de ses bras. Je pris sa main, je tombai à genoux, et je ne pus retenir mes larmes.

— Mon enfant! dit-elle, mon cher enfant!

Puis elle regarda fixement M. Laubépin.

Le vieux notaire prit alors sur le lit un feuillet de papier, et paraissant continuer une lecture interrompue :

« A ces causes, dit-il, j'institue par ce testament olographe pour légataire universel de tous mes biens tant en Espagne qu'en France, sans aucune réserve ni condition, Maxime-Jacques Marie Odiot, marquis de Champcey d'Hauterive, noble de cœur comme de race.

» Telle est ma volonté.

» JOCELYNDE-JEANNE,
COMTESSE DE PORHOËT GAËL. »

Dans l'excès de ma surprise, je m'étais levé avec une sorte de brusquerie, et j'allais parler, quand mademoiselle de Porhoët, retenant doucement ma main, la plaça dans la main de Marguerite. A ce contact soudain, la chère créature tressaillit; elle pencha son jeune front sur l'oreiller funèbre, et murmura en rougissant quelques mots à l'oreille de la mourante. Pour moi, je ne pus trouver de paroles : je retombai à genoux, et je priai Dieu. Quelques minutes s'étaient écoulées au milieu d'un silence solennel, quand Marguerite me retira sa main tout à coup et fit un geste d'alarme. Le docteur s'approcha à la hâte : je me levai. La tête de mademoiselle de Porhoët s'était affaissée subitement en arrière : son regard était fixe, rayonnant et tendu vers le ciel; ses lèvres s'entr'ouvrirent, et, comme si elle eût parlé dans un rêve :

— Dieu! dit-elle, Dieu bon! je la vois... là-haut!... Oui... le chœur... les lampes d'or... les vitraux... le soleil partout!... Deux anges à genoux devant l'autel... en robes blanches... leurs ailes s'agitent .. Dieu! ils sont vivants!

Ce cri s'éteignit sur sa bouche, qui demeura souriante; elle ferma les yeux, comme si elle s'endormait, et soudain un air d'immortelle jeunesse s'étendit sur son visage, qui devint méconnaissable.

Une telle mort, couronnant une telle

LA PETITE SERVANTE VINT M'OUVRIR.

vie, porte en soi des enseignements dont je voulus remplir mon âme jusqu'au fond. Je priai qu'on me laissât seul avec le prêtre dans cette chambre. Cette pieuse veille, je l'espère, ne sera pas perdue pour moi. Sur ce visage empreint d'une glorieuse paix, et où semblait vraiment errer je ne sais quel reflet surnaturel, plus d'une vérité oubliée ou douteuse m'apparut avec une évidence irrésistible. Ma noble et sainte amie, je savais assez que vous aviez eu la vertu du sacrifice : je voyais que vous en aviez reçu le prix!

Vers deux heures après minuit, succombant à la fatigue, je voulus respirer l'air pur un moment. Je descendis l'escalier au milieu des ténèbres, et j'entrai dans le jardin, en évitant de traverser le salon du rez-de-chaussée, où j'avais aperçu de la lumière. La nuit était profondément sombre. Comme j'approchais de la tonnelle qui est au bout du petit enclos, un faible bruit s'éleva sous la charmille; au même instant, une forme indistincte se dégagea du feuillage. Je sentis un éblouissement soudain, mon cœur se précipita, je vis le ciel se remplir d'étoiles.

— Marguerite! dis-je en étendant les bras.

J'entendis un léger cri puis mon nom murmuré à demi-voix, puis rien... et je sentis ses lèvres sur les miennes. Je crus que mon âme m'échappait!

. . . .

J'ai donné à Hélène la moitié de ma fortune. Marguerite est ma femme. Je ferme pour jamais ces pages. Je n'ai plus rien à leur confier. On peut dire des hommes ce qu'on a dit des peuples : Heureux ceux qui n'ont pas d'histoire!

FIN

Pour paraître le 1er Juillet, le n° 20 :

Avant l'Amour

PAR

MARCELLE TINAYRE

Illustrations de A. GÉRARDIN

1439-07. — Coulommiers. Imp. Paul BRODARD. — 5-08.